KB060957

나의 마지막은, 여름

나의 마지막은, 여름

안베르 지음 이세진 옮김

위즈덤하우스

제6조. 자유는 인간이 타인의 권리를 침해하지 않는 한에서 무엇이든 자기 뜻대로 할 수 있는 권리다. 자유는 원칙적으로 본성이요, 규칙으로서는 정의(正義)다. 자유의 도덕적 한계는 다음과 같은 격언에 나타나 있다.

남이 나에게 하지 않기를 바라는 일은 나도 남에게 하지 말라.

_「인간과 시민의 권리 선언」 중에서

옮긴이의 글

중요한 것은

죽음이 아니라

삶

인구의 고령화, 좀 더 좁게는 출판 시장을 견인하는 독자 세대의 고령화 때문일까. 몇 년 전부터 '어떻게 죽음을 맞이해야 하는가, 제대로 죽는다는 것은 무엇인가'라는 주제를 다루는 책들이 자주 눈에 띈다. 이따금 편집자들을 만나면 노년이나 죽음의 문제를 다룬 프랑스 책 중에서 추천할 만한 것이 있느냐는 질문을 받기도 한다.

프랑스 사회에서 지난 10여 년 사이에 커다란 인식의 변화가 있었던 문제 중 하나가 바로 존엄사다.
프랑스와 독일은 유럽의 다른 국가들에 비해 존엄사 문제에 굉장히 보수적인 정책을 유지해왔다. 그러다 뱅상(Vincent)이라는 동명의 두 사람이 커다란 사회적 반향을 일으키면서 레오네티(Leonetti) 법 개정이라는 변화를 맞게 됐다.

첫 번째 뱅상은 2000년에 교통사고로 전신마비, 실명, 실어증 상태에 빠진 뱅상 앵베르다. 그는 정신과 청각이 멀쩡했고, 유일하게 움직일 수 있는 오른손 엄지를 이용해 기본적인 의사소통도 가능했다.
그는 이 상태에서 자신과 자기를 간호하는 어머니가

고통에서 해방되려면 '죽음을 선택할 권리'를 행사할 수밖에 없다고 생각했고, 실제로 2002년에 당시 대통령인 자크 시라크에게 이 권리를 요구했다. 그러나 당시 프랑스에는 소생 가망이 없는 환자조차도 연명 치료를 거부할 권리가 없었다.

뱅상은 이 요구를 거절당한 이듬해인 2003년에 어머니와 의료진의 도움을 받아 음독자살을 시도함으로써 소원을 성취한다. 의사와 뱅상의 어머니는 경찰 조사를 받았으나 2006년에 면소되었다.

2004년에 『나는 죽을 권리를 요구합니다(Je vous demande le droit de mourir)』라는 뱅상의 책이 출간됐고, 2005년에 불치병 환자에게 음식과 음료 섭취, 투약, 인공적인 연명 치료를 거부할 수 있는 권리가 있다는 내용을 골자로 한 레오네티 법이 만장일치로 가결되었다.

두 번째 뱅상은 2008년에 교통사고로 식물인간이 된 뱅상 랑베르다. 의료진은 뱅상을 7년간 돌봤다. 그러나 어떤 종류의 차도도 보지 못했으므로 그 시점에서 그의 아내와 논의하여 연명 치료를 중단하기로 결정했다.

그런데 뱅상의 부모와 형제자매 중 일부가 이 결정에 반대하여 법정 공방이 벌어졌다. 뱅상은 사고 전에 연명 치료를 원치 않는다는 입장을 밝힌 바 있지만 독실한 가톨릭 신자였던 부모는 아들의 생사가 오직 신에 의해 주관되어야 한다고 믿었던 것이다.

이 사건으로 존엄사에 대한 논의가 다시 제기됐고, 유럽인권재판소는 인공적인 영양과 수분 공급을 중단하는 것이 인권 침해는 아니라는 판결을 내렸다. 하지만 뱅상의 부모는 이 판결을 받은 후에도 법적 투쟁을 그치지 않았다. 2018년 4월에 병원 측은 이제 정말로 연명 장치를 제거하겠다고 결정을 공표했다.

두 명의 뱅상이 던진 화두 덕분에 현재 프랑스에는 무의미한 연명 치료가 많이 사라졌다. 그러나 어떤 이들은 이 정도로는 충분치 않다고 지적한다.

단순히 영양 섭취나 투약을 거부하면서 죽음을 기다리는 환자와 그 모습을 지켜보는 가족은 너무 오랫동안 고통을 겪어야 한다. 어떤 환자는 연명 치료를 중단한 후에도 예상 밖으로 아주 천천히, 그것도 아주 고통스럽게 죽는다. 다시 말해, 소극적 안락사가 적

극적 안락사보다 더 잔인한 조치가 되기도 한다. 하지만 프랑스는 아직 의사의 조력 자살을 허용하지 않고 있다.

그리고 2017년 가을, 프랑스 사회는 다시 한 번 이 문제에 주목하게 됐다. 이 책의 저자 안 베르가 생전에 공개적으로 피력한 바람대로 10월 2일에 벨기에의 한 의료 시설에서 안락사 주사를 맞는 방법으로 59년의 생을 마감했기 때문이다.

이 책은 안 베르가 세상을 떠난 이틀 뒤인 10월 4일에 출간됐다. 프랑스의 주요 언론은 모두 이 뉴스를 심도 깊게 다뤘다.

안 베르는 원래 『여성들의 지배(L'emprise des femmes)』, 『진주(Perle)』 등의 작품에서 욕망, 육체, 성애 등의 주제로 지극히 개인적이고 농밀한 문장을 주로 써왔던 작가다. 그녀는 2015년에 근위축성측삭경화증, 일명 루게릭병을 진단받고서 2년 정도 살다가 죽음을 선택할 자유를 실천했다.
그 2년 동안 그녀와 그토록 마음이 잘 맞았고, 그녀에게 중요한 문학적 주제이기도 했던 육체는 점차 감옥으로 변해갔다. 책 속에서 저자는 자신을 서서히 압살하는 육체를 '식인의(cannibale)' 몸이라고 부른다. 그럼에도 불구하고 저자는 오랫동안 고통을 내색하지 않는 우아하고 꼿꼿한 모습으로 자택에서 손님들을 맞아들였다. 사랑하는 이들과 충분히 시간을 들여 작별하기 위해서, 그리고 자신의 결심을 언론에 널리 퍼뜨리기 위해서.

그녀의 선택은—본인의 바람과는 달리 사회적 환경에 의해—일종의 정치적 투쟁이 될 수밖에 없었다. 그리 멀지 않은 벨기에나 스위스에서와 달리, 프랑스에서는 의료인의 조력자살이 엄중히 금지되어 있기 때문이다.

앞서 설명한 바와 같이, 이 문제는 프랑스 사회에서 수시로 공개적인 논쟁의 대상이 되곤 했다. 2011년에도 마리 드루베라는 디자이너 겸 작가가 불치의 암 선고를 받은 후 존엄사를 택하고 자신의 마지막 나날을『내가 죽음을 선택하는 순간』이라는 책으로 남긴 바 있다.

어쨌든 안 베르는 두 팔이 무용지물이 되고 다리도 굳어져 자기 힘으로 이동할 수 없을 때까지 버텼다.

"나는 이제 내 힘으로 뭘 먹을 수도 없고 내 힘으로 눕지도 못한다. 때로는 음식물을 삼키는 것조차 힘들다. 나는 동물처럼 살고 있다."
그녀는 영양 섭취를 충분히 하려고 노력했지만 2016년에서 2017년 사이에 몸무게가 15킬로그램이 빠졌다고 한다.

마리 드루베나 이 책의 저자 안 베르는 그나마 선택의 여지가 아주 없지는 않았던 사람들이다.
벨기에나 스위스까지 가서 스스로 선택한 죽음을 맞이하려면 돈이 많이 들기 때문이다. 정말로 가난한 사람은 오랫동안 고통을 고스란히 견디며 죽음을 기다리는 수밖에 없다.

어떤 사람들이 보기에 저자의 선택은 사치일 것이다. 그러나 명철한 의식 상태에서 지상을 떠나는 용기도 귀하고 아름답고 어려운 것이다.

이 책은 르포르타주 문학이 아니다. 저자는 자신만의 개인적인 어조로 생과 사에 걸쳐 있는 순간을 말한다.

저자가 프롤로그에 쓴 "라일락은 계속 피어날 것이다"라는 문장은 저자 자신에게, 가까운 사람들에게, 독자들에게 작은 위안이자 결의가 된다.

저자는 이 여름이 정말로 마지막이라고 똑똑히 의식하고 있지만 자신이 경험한 마지막 순간들이 비탄과 절망에 빠지지 않았음을, 어떤 순간은 마지막이라는 자각조차 없이 지나갔음을 축복으로 여긴다.

"내가 마지막으로 보는 라일락은 더 화사하고 강렬하기를 바랐던 걸까. 그렇지만 이 여름의 라일락이 다른 해의 라일락과 다르지는 않더라."

저자의 마지막 여름은 힘겹기 그지없지만 여느 해와 다르지 않은 여름이다. 그래서 죽음을 앞두었을망정 그녀는 여전히 '살아간다.'

중요한 것은 죽음이 아니라 삶이다. 저자는 자신의 장례식조차도 여느 모임과 다르지 않기를 바란다.

"아무도 장례식이라고 생각하지 않을 것이다. 그들은

목소리를 낮추지 않을 것이다. 속닥거리지도 않을 것이다. 검은 상복을 입지도 않을 것이다. 장례식에 온 사람 얼굴을 하고 있지도 않을 것이다. 아름다운 음악을 틀어놓고 눈물을 짜지도 않을 것이다."

그녀는 그저 자기를 사랑해주는 사람들이 한 자리에 모여 "함께 있음에 위로받으며 맛있는 포도주로 건배하기를" 소망한다. 그리고 비록 음성으로나마 자신도 그 자리에 함께하기를 원한다. 그 자리에서 그녀가 지인들과 더불어 기리고 싶은 것은 죽음이 아니라 삶이기 때문에.

2019년, 다시 찾아올 계절을 기다리며

옮긴이 이세진

라일락은

계속

피어날 것이다

또다시 허를 찔리고 말았다. 오늘 아침 라일락이 폈다. 어제도 아침 댓바람부터 라일락을 보러 갔었다. 단단한 꽃눈 속에 슬쩍 보이는 검붉은색, 분홍색, 보라색이 바깥을 향해 틈을 보고 있었다.
꽃은 어제 오후에, 내가 못 본 사이에 활짝 피었나 보다.

올해는 라일락을 꺾을 수 없었다. 집 안에도 라일락 향을 들이지 않았다. 그 대신 오래오래 꽃을 바라봤고, 꽃 뭉치에 코를 대어 향기를 들이마셨다. 그 향기를 내 안에 넣어두고 싶었다.
짙은 라일락 향을 맡으면 증조할머니가 가꾸던 정원이 생각난다. 라일락 색깔은 노부인들, 이제는 세상에 없는 사람들, 작별을 닮았다.

문득, 차라리 심란해지는 것이 낫겠다는 생각을 했다. 그러기를 바랐다. 하지만 자명한 사실을 인정해야만 했다. 이번이 마지막이구나, 라는 심정으로 꽃을 봐도 감정이 유난해지지는 않았다. 활짝 핀 꽃을 봤던 작년과 같은 마음이었다. 그 이상은 아니었다. 그저 담쟁이덩굴이 라일락 가지 위로 너무 무겁게 늘어져서 꽃을 다 덮치겠다는 생각만 들었다.

나중에 어머니가 함께 커피를 마시러 왔다. 우리는 정원에서 울타리를 마주 보고 나란히 앉아 얘기를 나눴다.

내가 나지막하게 말했다.
"이 꽃을 보는 것도 마지막이네요."
그러고 나서 이런 말도 했다. 꽃 피는 것을 두 번 다시 못 보겠지, 하고 오늘 아침에 깨달았는데도 심장이 더 빨리 뛰지 않아 외려 약이 올랐다고.

"나는 왜 눈물도 나지 않을까요? 라일락을 보면서 담쟁이덩굴이 다 덮쳐버리든가 가뭄이 들어 몽땅 말라 죽었으면 좋겠다는 생각을 할 수도 있었을 텐데?"
나는 마지막엔 이렇게 말했다.
"확실한 건요, 라일락이 죽으면 울음이 터질 것 같아요."

어머니는 내 손을 어루만지면서 이렇게 말했다.
"거실에 앉아 곱디고운 우리 집 정원을 보고 있으면, 이따금 내 인생의 마지막 순간으로 이보다 더 좋은 때가 없겠다는 생각이 들어. 내가 좋아하는 이 자연

을 눈에 담은 채로 두 번 다시 눈을 뜨고 싶지 않아. 내
가 없어도 이 자연은 다시 태어나고, 나보다 더 오래
살아남을 거라는 확신이 있어."

어머니와의 교감이 내 마음을 다시 가라앉혀줬다. 우
리가 죽는대도 세상과 자연은 변함없다.
때가 오면, 그저 우리의 삶만 정지할 뿐.

라일락은 계속 피어날 것이다. 여름은 정원을 뜨겁게
달굴 것이고, 가을은 또 오고야 말 것이다.

○ ○ ○

존재와 비존재 사이에 벌어지는 일대 충돌은 다른
것, 알지 못할 그 무엇, 어떤 불가능한 경험 등과 관련
이 있다. 그 경험에서 교훈을 끌어낼 수는 없다. 그 경
험에는 보도할 것이 전혀 없고 그저 소설화할 것만
있다.
죽음은 픽션에 불과하다. 내가 나에게 만들어주는 죽
음에는 허망한 후회가 들어설 자리가 없다.

나는 남들이 강요하는 다른 우화들과 맞서 싸우게 됐다. 이 투쟁은 나를 많은 사람 앞에 드러내게 만들기 때문에 힘겨운 시험 같다.

나의 불치병과 나의 이미지를 세상에 떠벌리고 싶은 마음은 조금도 없었다.
그러나 병이란 원래 뻔뻔하고 추접스러운 것. 병은 내게 동의를 구하지도 않고 나를 저잣거리에, 세상 도처에 벌거벗겨 내놓았다.

의학은 내 병을 고칠 수 없고, 프랑스는 나의 죽음에 대한 조력과 지원을 허용하지 않는다. 그래서 나는 나를 사회에 드러내지 않을 수 없다. 나를 노출함으로써 대중의 의식을 뒤흔들고 프랑스 사람 모두가 선택의 자유를 얻기를 바라기 때문에.
이런 행동은 나를 사랑하는 사람들에게 곧 다가올 사별을 채찍질처럼 실감나게 할 뿐이다. 무정한 현실을 외면하고 싶어 하는 이들에게 눈 똑바로 뜨고 지켜보라 하려니 나도 지독히 힘들다.

아마도, 내 죽음의 불손함이 불편할 것이다.

그 불손함을 나의 무기로 삼고, 결코 길을 잃지 않으려 한다.

자신의 죽음을 말하는 이 책 속의 여자는 나를 닮았지만 이 인물은 나라는 존재의 한 표상일 뿐이다. 그 여자는 나의 대변인이다.

나는 허공을 바라보듯이 촬영자가 따로 없는 카메라 렌즈를 바라본다. 동영상 속 내 목소리는 내 속 깊은 데서 우러난 이야기를 입 밖으로 끄집어낼 뿐이다. 나는 삶을 바라보는 내 시각을 온전히 수용하면서 나 자신의 픽션, 죽음에 대한 픽션을 자유로이 만들어나간다.

생이 지옥의 막장까지 치닫더라도 끝까지 살아내야 한다고 주장하는 어떤 의사들, 어떤 보수주의자들의 픽션과는 달라도 한참 다르다. 우리가 죽어도 생명은 무엇 하나 멈추지 않는다는 것을 잊고 사는 이들의 픽션과는 다르다.
죽음은 심박 정지라는 보편적 사태에 대한 특수한 문학, 말, 상상에 불과하다는 것을 깨달았으니만큼.

내가 살아 있는 동안에 남긴 글들은 언제나 산 자들에 대해서만 말할 것이다.
'죽다'라는 동사는 여러 이야기만을 만들어낸다.

나는 지난 10년간 글쓰기를 통하여 포착할 수 없고 표현할 수 없는 내밀한 것을 탐색해왔다. 운명의 아이러니로, 나는 이제 상상할 수 없는 것을 가늠해보기에 이르렀다.

내가 ALS(Amyotrophic Lateral Sclerosis, 근위축성측삭경화증), 일명 루게릭병에 걸렸기 때문이다.
나는 서서히 운신의 폭이 좁아졌다. 얼마 못 살고 죽을 것이 분명하다.
진단을 받고서 이미 한 차례 충격에 빠져 꼼짝도 못하다가, 내 생의 마지막을 기록하기로 결심했다. 프랑스의 문화와 법이 일방적으로 부여하는 죽음 환상을 뛰어넘어, 나에게 친밀한 죽음 환상을 다시금 내 것으로 만들기 위하여.

내 존재의 끝까지 죽음에 대한 글쓰기를 밀고 나가면서 온갖 분야와 사상적 흐름의 대변자들을 만났다.

그들은 대체로 휴머니스트였지만 때때로 어이가 없을 만큼 어리석고 무지했다.

나는 이것만 기억한다. 입법부가 뭐라고 떠들어대든 간에, 절대로, 이곳에서든 다른 곳에서든, 죽음 앞에서 공정성은 없다. 연명 치료 앞에서도 공정성은 없다. 결국은 환자를 상대하는 의료진 소관이다.
의료진이 자기 양심에 비추어 환자가 말한 것과 말하지 않은 것, 환자가 원하거나 원하지 않는 것을 해석할 뿐이다.

우리의 자유는 병원 문 앞에서 멈추지 않아야 한다.
불치병이 말기까지 가면, 우리의 영혼과 양심에 비추어 도저히 받아들일 수 없는 어떤 것이 생긴다.
우리는 바로 그것을 참고 견디지 않겠다고 선택할 권리가 있다. 오직 그 권리만이 저마다 특수한 사정이 있는 개체로서의 우리를 평등하게 만든다.
죽음은 결코 부당한 게 아니다. 부당한 것은 개인의 고유한 가치관을 존중하지 않는 현실이다.

정말이지, 나는 이 이야기, 이 싸움을 치유로 삼지 않는다. 게다가 죽음이 치유가 되기는 하나? 나는 이 이야기를 투쟁의 기록으로 삼을 생각도 없다.

이 글은 차라리 자아의 가장자리에 끼워 넣은 문학 같은 것이다. 표현할 수 없는 것과 침묵의 경계에서, 인상주의와 초현실주의의 경계에서, 나는 여전히 나를 초월한 것을 말할 수 있는 단어들을 찾고 있다.

나는 많은 사람에게 둘러싸여 있으면서도 이 마지막 여름의 빛을 고독하게 음미한다. 유한성과의 독대는 파편적으로 드러난다. 연대기로는 정리될 수 없는 어떤 이야기가.

차 례

Le tout dernier été

새벽의

아름다움은

언제나

가치가 있다

1

나는 해가 뜨기 전에 일어나기를 좋아한다. 내가 하루를 앞당길 수 있는 것 같아서 좋다.

오늘 아침도 눈이 일찍 떠졌다. 밤은 짧았다.

루게릭이 내 꿈을 훔쳐가고 나의 텅 빈 밤을 잘게 쪼개기 시작한 지도 2년이 됐다. 평화롭고 깊은 밤은 이제 없다.

여름밤 끝자락에 불어오는 미풍이 방을 서늘하게 식혀준다. 저 멀리서, 올빼미가 노래하니 암컷이 화답을 한다.

올빼미는 늘 내 마음을 사로잡는 새지만 오늘은 좀 다르다. 나는 저 새가 나에게 말을 건다는 것을 안다. 이 기분 좋은 아침을 약속하려고, 올빼미는 나를 위해 노래한다.

눈을 뜬 채로 침대에 누워 귀를 기울인다. 올빼미가 노래를 멈출 때까지, 내처 꼼짝 않는다. 새가 침묵한다는 것은 이제 그만 일어나야 한다는 신호다.

아침 첫 햇살이 침실에 스민다. 올빼미는 잠잠해졌다. 티티새가 한 마리씩 우짖기 시작한다. 그러자 꾀꼬리가 돌아와서는 꾀꼴꾀꼴 하고 고운 노래를 보탠다.

나는 침대에서 몸을 빼내려고 조용히 꿈지럭거린다.

일단 자리에서 일어나면 문을 조금 열고 나와 뻣뻣해
진 다리로 조심조심 계단을 내려간다. 어슴푸레한 빛
속에서 주방 입구까지 살금살금 걸어간다. 얼른 새벽
의 약속을 발견하고 싶어 마음이 바쁘다.
쭈그러든 오른손을 왼손으로 감싼 채 까치발로 걸어
간다. 상체 균형을 잘 잡고 팔을 앞으로 홱 내밀어 들
어 올린다. 그 기세로 팔이 손잡이에 닿아 마침내 문
짝을 젖힐 수 있도록.

새벽의 아름다움에는 이 지독한 몸부림을 치를 만한
가치가 있다. 문이 열린다.

오직 나만을 위한 새들의 연주회가 한창이다. 당장,
폴짝폴짝 뛰고 싶다. 심장이 열기구처럼 부풀고 둥실
떠오른다. 헤벌쭉 웃음이 난다.

깨새, 방울새, 오디새, 울새까지 티티새와 꾀꼬리 들
에게 합류했다. 아주 적은 것들이 이렇게나 활력을
주다니. 이렇게나 아름다운 노래를 들을 수 있다니.

커피가 꾸르륵 소리를 내면서 내 잔으로 흘러 들어간다. 내게 말하지 않는 사려 깊은 손길이 이 자리에 준비해놓은 커피잔. 내가 여전히 내 힘으로 살아간다는 환상을 지켜주고 싶었을 것이다. 혹은, 그냥 내가 잊어도 괜찮게끔.

활짝 열린 문 쪽으로 고개를 돌려두고 의자에 옆으로 돌아앉는다. 얼핏, 차분한 부인처럼 보일 법한 자세로.

개와 고양이가 잠시 내 다리에 제 몸을 비비적비비적한다. 이 아이들은 조르지 않는다. 마법 같은 아침 시간이 온전히 내 것이고, 자기들은 배경이 되는 일부라는 사실을 알아차린 모양이다.

빨대로 커피를 홀짝홀짝 다 마셨다. 이제 나는 커피도 빨대로 마셔야만 한다.

동녘을 보려고 맨발로 나가 이슬을 밟는다. 첫 햇살, 대지를 스치듯 밀고 가는 빛이 과수원에 비친다.
여기, 이 새벽의 고독 속에서, 나는 죽음이라는 운명을 잊는다.

여름은 내게 이 유예를 주려고 안간힘을 쓴다.

정원을 어슬렁거려본다. 이제 막 돋은 봉오리들을 스치며 걷는다. 정신이 홀딱 빠져서는 호시탐탐 꽃을 기다린다. 모든 것이 황홀하다.
어제만 해도 앙다물고 있던 장미 봉오리가 오늘은 활짝 피었다.

처음 떨어지는 꽃잎. 여기, 라일락 그늘 아래는 풀이 너무 빨리 자란다.

나는 건재하게 살아 있다.
이 울타리 안, 인간들의 야단법석을 괘념치 않는 자연과 더불어.

이제 해가 다 올라왔다.
몇 시인지 모르겠다. 나의 시간은 다른 세상의 것이다. 이제는 차지도 않는 손목시계의 시간과 다르다.

이웃집에서 덧창을 연다. 자동차가 하나둘 지나가기 시작한다. 아무 걱정 없는 목소리들이 들린다.

이제 시작되는 또 다른 삶 앞에 머리를 조아릴 때다.

비록 이제 나는 그 삶에 속해 있지 않더라도.

이런

허무는

한 번도

느껴보지 못했다

본능적으로 마음이 놓이지 않는다. 묘하게 배가 살살 아프다.

진료실이 어마어마하게 크다. 이 공간이 쓸데없이 크고 나를 더 작아지게 만든다는 것밖에 모르겠다.

예감이 좋지 않다. 그렇지만 차분한 미소를 띠고 사려 깊은 태도를 취한다. 겁날 것 하나 없다.

눈부신 초가을, 나는 그렇게 허세를 부린다.

신경과 의사가 나를 봐온 지 몇 달이 되었다. 그녀의 음성은 부드럽고 나긋나긋하다 못해 매가리가 없다. 주치의는 이 의사에게 나를 보내면서 병세의 진행이 심상치 않다고 무척 걱정했다.

나는 기력이 떨어졌다. 근육량도 부쩍 줄었다. 피로를 떨치기가 점점 더 힘들어졌고 살도 많이 빠졌으며, 팔도 잘 움직일 수 없었다. 잘만 타던 자전거를 갑자기 못 타게 된 것도 이해가 가지 않았다.

신경과 의사가 오랜 시간 동안 이것저것 물으며 나를 살펴본 후부터 내 시선은 의사에게서 떠나지 않는다. 의사는 자기 책상에 앉는다. 나는 침착하고 능숙하게 내 병을 설명하는 그녀의 음성을 듣는다.

신경 세포에 이상이 생겼고, 근육이 위축되어서 더이상 말을 듣지 않는 거라고 한다.

의사는 아무렇지도 않다는 듯이 신경 퇴행을 설명한다. 지나친 호의나 연민은 비치지 않는다. 내가 불안해할까봐 그러는 것이 분명하다. 의사가 환자에게 통보를 해야만 할 때, 그것이 가혹할 때, 환자를 배려해서 마땅히 그래야만 하니까.

하지만 내 심장이 북소리를 낸다. 맥이 관자놀이에서 펄떡거린다. 내가 이해했다고 아는 바와 듣지 않기로 한 바 사이에서 이러지도 못하고 저러지도 못한다. 단도직입적으로 말하지 않는 의사가 원망스럽다. 의사의 태도는 나를 일종의 혼수상태에 못박아버렸다. 나는 바보처럼 아무 말도 못 한다. 이건 정말 나답지 않다. 나는 나를 혐오하면서 고집스레 끝까지 입을 다문다.

의사가 종이에 척수와 운동 뉴런을 그려 보인다. 그 그림을 보면서도 꼭 고리단추처럼 생겼구나, 라는 생각밖에 나지 않는다. 나는 종이 위에 내 목숨을 앗아갈 그것을 그리는 의사를 물끄러미 바라만 본다.

나는 소리 없이 애원한다. '아, 제발요, 적에게 돌격할 군사들도 그려줘요.'

그녀는 연필을 내려놓는다. 아직은 병명을 확정할 수 없으니 일주일 입원해서 종합 검사를 한 후에 결론을 내자고 한다. 의사는 마지막으로 나에게 리루텍을 처방해준다. 이것은 루게릭병 환자에게 처방되는 대표적인 알약이다.

아직 진실을 모르는 상태에서, 좌절감이 엄습한다. 안개 속을 헤매는 것 같고, 아무것도 느껴지지 않는다.

이런 허무는 한 번도 느껴보지 못했다.

움직일 수도 없고, 말을 할 수도 없다. 그저 고개를 끄덕거리고 의사에게 맹하니 미소를 지어 보일 뿐.

의사는 이 병의 무서움이나 심각성을 거의 내비치지 않는다. 나는 지각의 마비 상태에 빠지지 않으려 몸부림친다.

나는 다시 아이가 되었다. 꽤 큼지막한 안락의자에 파묻힌 어린 소녀가 되었다. 나는 토끼 굴에 빠진 앨리스다. 이상하고 터무니없는 세상에 뚝 떨어진.

하트 여왕이 이제 막 나에게 사형을 언도했다. 그래도 나는 가정교육 잘 받은 착한 아이답게 처신한다. 평소처럼 거두절미하고 본론을 들먹이지도 않는다. 동요하지도 않는다. 그저 회피와 말하지 않은 것을 받아들인다.
내가 창피하다. 나는 나를 보호한다. 더는 냉정을 유지하지 못한다.

의사는 내 시선을 피하면서 병원과 나의 주치의에게 보낼 소견서를 작성한다. 그래도 슬쩍 나에게 불치병이라는 언질을 주기는 한다. 그 말은 나를 향한 확인 사살 같았다.

어린아이가 된 나는 의사에게 병명을 쪽지에 써달라고 부탁한다.
신경과 의사는 '척수 앞뿔 세포 손상'이라고 쓴다. 한 달 전에 이 의사가 발급한 뇌척수액 검사 처방에서 이 단어를 보았고 그때 이런저런 설명도 들었다.
그녀는 이 끔찍한 병명을 입 밖으로 내는 수고를 신경과에 맡긴 것이다.

말하지 않은 것은 존재하지 않는다. 내 머릿속에서 모든 것이 서로 들이받는다.

알고 싶지 않다. 이제 아무것도 알고 싶지 않다. 나는 침착하게 있으련다. 이제 더는 묻거나 청하지 않으련다.

하지만 의사를 벌주고 싶어서 시치미를 떼어본다.

"아, 그렇군요. 이게 루게릭병은 아닌 줄 알았는데요."

의사는 눈썹 하나 까딱하지 않는다. 나는 직감적으로 확신에 도달했다.

그러고 나서 돌연히, 의사가 소견서를 작성하는 동안에, 그놈의 앞뿔이 사달을 일으킨다. 뿔은 앞에 달렸어도 어쨌든 들이받고 상처를 입힌다.

사물의 감각이 기묘하게 뒤틀린다.

오만 감정이 밀려와 사람을 덮치는가 싶다가, 또 금방 언제 그랬냐는 듯이 스러진다.

나도 내 기분을 모르겠다. 모든 것이 태어남과 동시에 죽는 것 같아서, 거의 아무것도 느낄 수 없다.

투우장의 함성처럼 이명(耳鳴)이 울린다.

나는 죽음이 약속된 황소다. 투우장에 서서 꿈쩍도

하지 않는 황소.

고개를 들고 의사를 바라보며 내게 닥친 일을 이해 못 한 척한다. 그녀와 나 사이의 세심한 마음 씀씀이 라고나 할까.

의사들이 아무것도 할 수 없다는 사실이 마음에 와닿 는다. 그들을 생각하면 유감스러워진다.

나 자신에 대해서는 아직 잘 모르겠다. 마음을 제대 로 가누지 못하고 비틀거리는 듯한 상태다. 한창 날 아오르다가 갑자기 가로막혔다.

끝났다.

나는 창백한 미소를 띤 채 의사에게 손을 내민다. 그 녀의 손은 목소리만큼이나 매가리가 없다. 어쩌면 불 치병 앞에서 포기를 선언한다는 의미일지도.

나는 내 삶이 뒤집혀버린 그곳에서 나온다. 기차를 타러 대기실을 나서듯이. 내가 알지 못하는 곳으로 떠나러 간다.

도망가고 싶다. 공기가 희박하다. 숨이 막힌다. 복도 도, 입구에서 내 몸에 부딪히는 사람들도 눈에 들어

오지 않는다.

밖으로 나오니 햇살이 나를 공격한다. 나는 케이오 당한 권투 선수처럼 비틀비틀 내 차까지 걸어간다. 자동차 문에 기대어 이 악몽에서 벗어나려고 기를 쓰지만 그럴 수 없다. 입을 열지도 못하고 상처 입은 짐승의 신음 소리를 토한다. 다행히 나 말고는 아무도 없다. 누군가 있었다면 참을 수 없었을 것이다. 아무 말도 듣고 싶지 않다. 누가 나를 만지는 것도, 누가 나를 바라보는 것도 싫다. 아직은 아니다.

나는 감압실에 처박혀 있다. 이미지에 멈춰 있다. 눈가리개를 하고 달리는 말처럼 시야가 축소되었다.

받아들일 수 없는 것을 보지 않으려니, 이제 아무것도 보이지 않는다.
주위의 모든 것이 형편없는 시나리오를 위한 가짜 세트장 같다. 전부 부자연스럽게만 보인다.

나의 생각은 그 나름의 문법을 잃었다. 나는 이제 문장도 못 만들겠고, 문법적인 일치도 모르겠고, 명사를 대지도 못하겠다. 나는 이 빌어먹을 병을 원치 않

는다. 한 발로는 땅을 딛고 다른 한 발은 나를 집어삼
킬 유사(流沙)를 디딘 채, 벌써부터 옴짝달싹할 수가
없다.

생트로 돌아가야 한다. 나는 울지도 않고, 차를 몰아
해안 도로를 달린다.
아름다운 엑스 섬은 무심한 체한다. 강청색(鋼靑色) 하
늘 아래 와조고속도로가 나에게 도전을 한다.
어쩌면 섬과 하늘이 나를 측은히 여겨 자욱한 안개
속에 숨겨주기를 바랐던 모양이다.
아무 흠잡을 데 없이 아름다운 풍광이 내 상처에 칼
을 쑤셔 박는 것 같다.
나는 공백으로 숨어든다. 아스팔트 도로를 노려본다.
무(無)를 집요하게 주시한 나머지, 시커먼 아스팔트에
서 별이 빛나는 밤이 튀어나온다. 수십억 개 별들은
하나둘씩 빛이 흐려지기도 하고, 꺼지기도 한다.
나는 이 하늘 지붕에 인공위성이 되어 떠다닌다. 내
심장 뛰는 소리가 무시무시하게 울리건만, 눈물은 한
방울도 나지 않는다.

내가 무너지지 않는 게 정상일까?

몇 킬로미터 가서, 갓길에 차를 세워놓고 딸에게 전화를 한다. 딸아이가 오늘 진료 결과를 기다린다. 딸은 정확하게 알려달라고 한다.

"루게릭 아니에요? 엄마, 정말 아니에요?"

"아니야, 우리 귀여운 딸. 앞뿔 세포 손상이래."

나는 딸에게 거짓말을 할 정도의 상상력이 없기 때문에 말들로 때운다. 그냥 한순간만 아닌 체해서 시간을 번다. 생존 본능이다. 이런 건 괜찮다고 하겠지.

내 몸뚱이가 내 감옥이 되고 그다음에는 죽음에 이를 거라는 말을 딸에게 어떻게 하나.

다시 운전대를 잡고 달리는데, 앙보항(港) 라피디알에 서 있는 알랭 도니의 근사한 조각상이 생각난다. 돌에 갇힌 인간이 거기서 벗어나려고 용쓰는 모습이 눈에 아른거린다. 짓눌리고 일그러진 얼굴, 바위를 움켜잡은 한쪽 손만 보인다. 그의 몸뚱이는 채석장 암벽에 묻혀 보이지 않는다.

원래 작품 이름은 「심연에서 창공으로」인데 앞과 뒤를 바꿔본다. 창공에서 심연으로. 다시는 그 작품을 보러 가지 않을 것이다.

루게릭은 나를 이 바위 속에 새겨놓고 죽음이 올 때까지 놓지 않는다.
록산이 이 끔찍한 꼴을 지켜볼 걸 생각하니 마음이 아파 죽을 것 같다.

집에 돌아와, 숨을 멈추고 기계적으로 동의어들을 찾아본다. 오래된 습관이다. 사태를 정확히 파악하고 싶기도 하고, 뭔가 오해가 있을 거라는 정신 나간 희망 때문에⋯⋯.
'척수 앞뿔 세포, 루게릭병.'
프랑스의 의료와 약학 정보 웹사이트인 비달이 확인시켜준다. 의사가 처방한 리루텍은 근위축성측삭경화증, 다른 말로 루게릭병을 치료하는 알약이다.

남편이 집에 들어왔다. 나는 진단 결과를 전한다. 남편은 아무 말도 못 한다. 힘이 쪽 빠져서는, 나를 꼭 안아준다.
남편은, 아니 다른 누구라도, 나를 위로하거나 달래주지 못한다. 그 누구도 내가 현실을 외면하게 만들 수 없다. 진단이 잘못되었을 거라는 희망을 줄 수도 없다.

나는 거의 말이 없다. 무슨 말을 해야 할지 모르겠으므로.

나에게든 남편에게든 위로는 불가능하다.

우리는 이제 다 안다. 내 몸이 차차 죽음에 묶여 그 안에서 굳어갈 것이라는 사실을, 우리 모두 안다.

그 병은 다소 시간이 걸리겠지만 결국 나를 산 채로 내 몸에 묻을 것이다. 서서히, 가학적으로, 내가 움직이지 못하고, 말하지 못하고, 삼키지 못하고, 숨조차 못 쉴 때까지.

야만스럽기도 하다.

병원에서 얘기를 듣고 온 날 저녁, 나는 어떤 말도 함께할 수 없다. 그 누구하고도, 그럴 수 없다.

그럴 마음도 없고, 그래야 할 필요조차 느끼지 않는다. 내가 사랑하는 사람들이라고 해도.

내가 원하는 것은 침묵뿐이다. 나는 아무 일도 일어나지 않은 다른 곳에 있다.

저마다 지옥 같은 폭풍 속에서 자기와 타협한다는 것은 안다. 다이너마이트 같은 폭발이냐 서서히 타들어가는 도화선이냐를 두고 타협을 한다.

레미도, 록산도, 그 누구도 눈물을 쏟지 않는다. 감정을 토로하지 않고 눈에 띄는 분출도 없다. 절규, 탄식도 없다.
모두 비통하고 서글픈 미소를 짓는다. 그 아래 숨은 영혼에는 은밀하게 금이 간다.

우리는 서로를 보호한다. 말할 수 있는 것과 없는 것 사이에서. 우리는 아직 그것들을 언어화하지 않는다.

한참 얼을 빼놓고 앉아 있다가 정원으로 나간다.
해가 기울었다. 하늘을 쳐다보며 내가 누울 수 있을 구름을 찾아본다.
나로 인해 가슴이 미어질 사람들을 생각하니 도저히 참을 수가 없다.

다음 날, 밤을 하얗게 지새우고 일어난다. 그제야 오열과 눈물이 터진다. 그들로 인하여. 나로 인하여. 하도 끔찍스러워서. 토악질하듯, 잠시 운다.

몇 주 후, 라로셸병원에서 같은 진단을 받는다. 한 달 후에는 보르도대학병원에서 병명을 확인받는다.

그다음 일요일에 나는 시장을 보러 가기 전에 레미에게 말해둔다.
"있잖아…… 당신도 알지…… 나는 끝까지 갈 생각 없어."
"응, 알아."
그이가 눈을 보이지 않으려고 내 목덜미에 얼른 코를 묻는다.

나는

이렇게나

아름다운 곳에

잠들 것이다

환하고 따뜻하다. 완벽한 날이다.

록산은 내게 넘어지면 어떡하느냐며 모래밭을 오래 걷지 못하게 한다. 그래도 나는 잘 닦인 부베리길과 바다에 닿을 듯한 그놈의 주차장은 거부한다. 그쪽은 도무지 자연다운 맛이 없다.

그나마 다리가 나를 받쳐주는 동안 많이 쓰고 싶다. 숲속에 외따로 구불구불 나 있는 오솔길을 걷는다. 우리 딸이 어릴 때 함께 걷던 길, 몹시도 아름다운 시절의 흔적을 간직한 길.

오솔길이 어찌나 좁은지 한 줄로 걸어가야 한다.
"조심! 조심해요! 그러다 넘어져요!"
록산은 내 뒤에서 바짝 주의를 기울인다. 우리는 아무렇게나 자란 가시덩굴에 발목을 긁혔다.

마법이 통했다. 나는 시간 속을 걸어간다. 예전과 똑같은 모래 냄새, 햇볕에 달궈진 솔잎 향, 송진 냄새까지 똑같다. 그리고 여전히 사람이 지나간 흔적을 볼 수 없다.

아, 그래. 이 길은 여전히 우리 것이구나.

자전거 전용 도로를 넘어서 모래언덕에 가까워질 수

록 길이 넓어진다.

록산이 다시 내 옆으로 붙는다. 얼굴을 쓸고 가는 금 빛 머리칼, 청바지에 감싸인 긴 다리. 이 아이와 차분 히 함께 걸으니 참 좋다.

우리는 말없이, 함께하는 행복에 몰두한다. 그냥 바 람 소리와 구분되는 바다 소리에 귀를 기울일 뿐.

우리가 추억을 곱씹으려면 곱씹을 수도 있을 것이다. "엄마, 제랄딘이랑 여기 왔던 때 기억나요?" "네가 스 노 슈즈를 신고서 쩔쩔맸을 때지……." "우리가 박하 와 모래가 잔뜩 들어간 타불레*를 먹었을 때죠?" "너 희 아빠가 물에 떠다니는 나무 조각을 주워서 바람막 이랍시고 만들었을 때지?" "할머니가 주무시는데 어 떤 개가 그 위에 발을 턱 올려놓아서 우리가 미친 듯 이 웃었을 때요?"

하지만 향수에 젖기보다는 생기 넘치는 현재에 머물 고 싶다.

"엄마, 괜찮아요?" 록산이 웃으면서 묻는다.

"쉿! 이제 누가 먼저 모래언덕에 올라가서 바다를 내 려다볼지 시합은 못하겠구나."

록산이 인상을 찡그리더니 이렇게 말한다. "그건 못

---

* 시리아와 레바논 일대에서 즐겨 먹는 샐러드. 쿠스쿠스, 파슬리, 박하, 양 파, 토마토 등에 올리브유와 레몬즙을 뿌린 것.

하죠. 하지만 보세요. 내가 먼저 올라가서 엄마를 당겨줄게요. 발자국을 밟고 올라오세요."

나는 시키는 대로 한다. 록산이 밟은 자리로 발을 옮기면서 그 애가 가느다란 팔로 끌어당기는 대로 올라간다.

나는 미소 짓는다.

"1등으로 올라갈 핑계치고는 너무 빤하다!"

"그래요. 엄마가 약해진 틈을 이용하는 재미가 쏠쏠하네요!"

록산은 짓궂은 척 그렇게 말한다.

갑자기 시야가 가득 차는 바람에 우리는 말을 잊는다. 바닷물이 많이 빠졌다. 움직임이 거의 없는 해수면이 반짝반짝 빛난다.

개펄은 아직 흥건하게 젖어 있다. 모래밭에는 경이로운 아라베스크 무늬가 새겨져 있다.

아무도 없는 금빛 해안이 끝없이 펼쳐져 있다.

나는 모래언덕을 되는대로 내려오다가 푹 고꾸라질 뻔한다. 록산이 내 신발을 벗겨준다.

나는 한 겹 한 겹 포개어진 감각을 원한다. 처음에는 두 발로 마른 모래를 밟고 가면서 발바닥이 따뜻한 나일론에 닿은 것 같은 감촉을 느낀다. 그다음에는 젖은 모래가 차갑게 와닿는다. 마지막으로, 얼음처럼 시린 바닷물에 발을 담근다.

발에 경련이 일어나고 다리가 나무토막처럼 뻣뻣하지만 하늘로 날아오를 것처럼 기분이 좋다.

록산은 신발을 벗지 않는다. 그 애는 행복한 표정으로 연신 내 사진을 찍어준다. 수평선과 구름을 쉴 새 없이 찍어대고 역광으로 재미있게 이런저런 연출을 한다.

딸은 저렇게 바다를 바라보면서 무슨 생각을 하고 있을지 모르겠다. 하지만 나는 저 애가 내 시신을 화장한 재를 안고 이곳에 다시 오겠구나, 라는 생각을 하지 않을 수 없다.

나는 이렇게나 아름다운 곳에 잠들 것이다.

우리는 북쪽 방향으로 조금 더 걷는다. 록산이 묻는다. "엄마, 바람 부는데 춥지 않아요?"

내가 어제 정원에서 내 어머니에게 했던 말과 토씨 하나 다르지 않다.

나는 내 어머니의 딸이자 내 딸의 어머니다. 이 바보 같은 문장 속에 산통(産痛)이 고스란히 따라온다. 먼 바다에서 파도가 밀려오고 부서지는 소리가 메아리치는데 "엄마……" 하는 소리가 들린다. 이 보편적인 외침 혹은 내면의 속삭임이 형용할 수 없는 것, 절망의 밑바닥을 드러낸다. 나의 절망, 내 딸의 절망, 내 어머니의 절망.

록산은 모래 위에 비스듬히 늘어진 우리 두 사람의 가냘픈 그림자를 사진으로 찍었다. 나는 딸의 앞날을, 그 애의 기쁨과 슬픔을 아무것도 알 수 없게 된다는 생각을 하지 않으려 애쓴다. 생각을 하면 참을 수가 없으니까.

축 늘어진 두 팔을 벌려 록산을 꼭 안아주고 싶다. 그 애가 어렸을 때 했던 것처럼 다정하게 어루만져주고, 머리칼에 덮인 목덜미 냄새를 맡으면서 이렇게 말해주고 싶다.

"다 잘될 거야. 네 안의 엄마는 결코 죽지 않을 거야. 심지어 엄마는 바다로 돌아간 후에도 마음 편히 지낼 수만은 없구나, 라는 생각까지 하게 될걸?"

우리는 슬픔으로 눈물을 흘리기는 하겠지만 금세 또

웃을 것이다. 우리는 장난꾸러기이고, 우는 것보다는 웃는 게 나으니까.

그러다 갑자기, 모든 것이 사라진다. 고통도 잠잠하다. 행복한 기분마저 든다.
딸을 위로할 수는 없다. 이제 나는 그럴 수 없다. 그래도 우리는 늘 함께 있을 것이다. 여기서나, 저세상에서나.
부재와 해방을 겪을지라도, 끈은 결코 완전히 풀어지지 않는다.

내 어머니를 생각한다. 어머니의 맑고 얌전한 눈, 결코 위로할 수 없을 두 눈을 생각한다. 그 눈이 내가 걸어야 할 십자가의 길을 말한다. 시끄러운 속사정을 내 앞에서 애써 감추는 딸을 바라본다. 이제 우리 모녀 삼대에서 누가 어머니이고 누가 딸인지 모르겠다.

집으로 돌아오는 길에 록산에게 그 얘기를 했다. 그 애의 옆얼굴에 다정한 미소가 떠오른다.

몸은

이제

사랑을

느끼지 않는다

치욕은 득달같이 닥쳤다. 나는 일어나자마자 망연자실해서는 반라(半裸) 상태로 집 안을 헤매고 다닌다. 내 힘으로 옷을 입을 수 없고, 뭔가로 몸을 가리는 일조차 못 한다. 분통이 터진다.

불과 어제까지만 해도 나는 내 앞가림을 할 수 있었다. 여자들이 매일 아침 으레 습관적으로 하는 일을 전부 다 할 수 있었다. 물론, 하루가 다르게 곤란을 느끼기는 했다. 그렇기는 해도, 어쨌든 내 힘으로 할 수 있었단 말이다.
어쩌면 나는 말 안 듣는 몸의 징후를 죄다 못 본 체하고 있었나 보다.
그게 아니면, 고집스럽게 현실을 부정하면서 마지막 남은 힘을 그러모으고 있었나 보다.

하지만 오늘 아침 루게릭 씨는 난공불락이다. 루게릭이 내 육체를 훔쳤다. 그자는 나를 말 못 하게 하고, 내가 내 소리를 듣지도 못하게 한다.

루게릭이 내가 날 거부하게 만들려고 작정을 했다. 이제는 불도 못 켜게 한다. 추워 죽겠는데 스웨터도 못 걸치게 한다. 머리채가 눈을 가리는데 뒤로 넘기지도 못하게 한다.

루게릭이 설치더라도 내가 너무 힘들지 않게끔 설비를 잘 갖춘 욕실에서도 마찬가지다. 바닥에 놓여 있는 샤워기 하나 집어 들 수 없다. 루게릭은 타협을 모른다. 수온 조절도 하지 말란다. 치약도 짜지 말란다. 머리빗조차 들지 말란다.
내 몸뚱이는 부드러운 보습 로션에까지 저항한다. 몸에 뭘 바른다는 것조차 언감생심이다.
내 팔은 더 이상 내 것이 아니다. 귀 먹은 채 무겁게 늘어져 있기만 한 내 팔. 손은 굳어버렸다.

이미 셀 수 없이 많은 불편을 겪었다. 이제는 협응 장애의 징후들까지 가세했다.
내가 잘 먹고 잘 건사하는데도 이 배신자는 빼빼하게 말라간다. 축 늘어진 사지가 천근만근이라 어깨와 등골이 빠질 것처럼 아프다.

내 몸뚱이는 끝내 나를 버렸다. 몸은 결속을 깨고 완전히 따로 논다. 게다가 내게 적대적이기까지 하다.

몸은 내 의지에 반박한다. 내가 뭐라도 하려고 들면 득달같이 가로막는다. 몸은 이제 사랑을 느끼지 않고, 욕망에게 문을 걸어 잠근다.

나는 관절이 탈구된 꼭두각시 인형이 됐다. 허리가 팍 꺾여 머리통이 땅바닥에 닿을 지경이다.
나는 몸을 씻기 위해 입, 치아, 발, 무릎을 써서 간신히 버틴다. 나는 몸을 욕하면서 이 참담한 재앙에 눈물 흘린다.

나는 옷을 걸치고, 머리를 빗기 위해 울며 겨자 먹기로 욕실의 은밀함을 외면하고, 타인에게 도움을 청한다.

내게는 고독이 필요하다. 침실로 피신해 거울과 마주본다.
내 모습은 흠잡을 데 없다. 똑바로 든 고개, 곧추세운 상체, 얌전히 놓여 있는 팔, 예쁜 옷. 내게 무슨 문제가 있나 싶게 감쪽같다. 이렇게 가만히만 있으면 몸이라는 교활해빠진 놈은 정말 아무렇지도 않아 보인다. 몸은 아직도 아름답고 얼핏 고고해 보이기까지 한다. 아무도 이놈의 파괴 공작을 믿지 않을 것이다. 나를 소멸시키려는 놈의 속내를.

이건 너무하다. 나는 이제 거울에 비친 모습도, 위선으로 똘똘 뭉친 괜찮은 안색도 못 봐주겠다. 몸을 마주하려니 도저히 참을 수가 없다.
나는 아직은 내 뜻대로 움직이는 발을 써서 매몰차게 거울에서 돌아 앉아 방문을 닫는다. 몸은 이제 나의 철천지원수다. 한때 우리는 서로 사랑했건만, 몸과 나는 철저히 한통속이었건만.

몸이 나를 죽인다. 식인(食人)의 몸뚱이가 나와 결별한다.

어릴 적에도 그렇고, 좀 더 자라서도 그랬다. 나는 몸의 변화무쌍한 윤곽선과 후미진 곳을 탐색하기를 좋아했다. 내 몸은 정신과 긴밀하게 이어져 있었다.
영혼이 편치 않을 때면 몸도 편치 않았다. 공포에 사로잡히면 몸부터 떨렸다. 어색하거나 좋아서 흥분하면 몸이 붉게 달아올랐다.
사랑을 할 때면 심장이 마구 뛰었고 다리도 움찔거렸다. 몸이 내게 끈기 있게 버티라고 요구할 때면 기꺼이 그렇게 했다.

몸을 위하여 할 수 있는 바를 다했다. 몸과 영혼이 온전한 한 덩어리였다. 하지만 이제 한쪽이 다른 쪽의 뜻을 따라주지 않는다.
나의 내밀함 혹은 정체성이 거기에 숨어 있다. 몸에 고유한 어떤 도리가 있는 게 아니다. 나의 생명력은 몸에서 나오는 것이다.
몸이 사랑을 통하여 해방되는 것이 좋았다. 이제 몸은 욕망 앞에서 침묵한다.

나는 몸과 루게릭이 손을 잡고 내 뒤통수를 치는 이 삼각관계가 마음에 들지 않는다. 내 몸은 팔려가 루게릭의 앞잡이가 되었다.
내 삶 전체가 고꾸라졌다.

그래. 나는 죽을 것이다. 제비뽑기에서 망했으니 어쩔 수 없다. 하지만 몸이라는 배신자가 죽음을 꾸미는 수작을 지켜보지만은 않을 거다.

이제 몸에게 바라는 것은 아무것도 없다. 배신자에게

는 최소한의 활력만 내어줄 테다. 몸이 전처럼 아름
답지 않아서 혹은 전과 달라졌거나 쓸모없어서가 아
니다. 몸은 이제 내 편이 아니다.

몸이 아름답거나 추한 문제하고는 상관없다. 내 숨이
붙어 있을 몇 달간, 그저 몸이 움직여주기를 바랄 뿐
이다. 나는 아직도 걷고 싶다. 세상 끝까지라도 걷고
싶다.

나는 팔다리를 구부렸다 폈다 하기를 좋아했다. 사소
한 몸짓도 일종의 언어, 내 심장의 언어였다. 나의 여
성성, 나의 무의식의 언어였다.

춤을 출 줄 알면 좋을 텐데. 나는 춤이 서툴다. 춤추는
법 따위는 모른다. 그냥 음악에 맞춰 몸 흔들기를 좋
아한다. 내 마음속의 음악이든, 귀로 듣는 음악이든.
그렇게 본능에 이끌려 추는 춤이 좋다.

내 눈은 세상을 바라보았고 내 몸은 세상을 느꼈다.
파도를 가르고 나아갔다. 햇볕에 몸을 태웠다. 딸에
게 젖을 물렸다. 창문을 열어놓고 선선한 밤공기를
살갗으로 느끼며 잠이 들었다. 더운 공기를 들이마셨
다. 과수원과 땅에 떨어진 사과 향기를 맡았다. 잘린
풀의 내음을 맡았다. 내 몸이 그 냄새로 그득하게 찰

때까지. 바흐의 소나타를 들을 때, 구스타브 카유보
트의 「대패질하는 사람들」을 보았을 때 나는 전율했
다. 닭살이 돋을 만큼. 헤엄치기, 춤추기, 거리낌 없이
사랑하기. 몸 씻기, 살갗을 스치는 머리칼을 느끼기.
네 발로 기어보기. 등을 쭉 펴고 명상하기. 몸은 나를
자신의 저속함으로부터 보호하는 데에도 협조했다.
나는 글을 쓰고 책을 내기 시작했을 때에도 이제는
잊힌 이 몸에 대해서 말했다. 나는 몸을 자유롭게 했
다. 몸에게 굉장히 많은 것을 주었다.
이제 내 몸에서 남은 거라고는 거죽뿐이다. 살에서
떨어져 나온, 이미 지나가버린 시간의 잔해뿐이다.

나에게는

아직

여름의

시간이 있다

5

토요일. 흥겨운 장날이다.

드디어 잠시 혼자 있을 수 있게 되어 기분이 좋다. 내 속도대로 발길을 옮기니 기쁘다.

알록달록 늘어놓은, 올해 가장 먼저 수확된 채소와 과일을 실컷 구경한다. 느긋하게 여유를 부리면서 우리 동네에서 오래 장사를 한 상인과 심심한 대화도 나눈다.

장터에서 삼중주단이 「엘자의 눈동자」를 들려준다. 그 노래가 단박에 마음을 사로잡아서 나는 잠시 걸음을 멈추고 귀를 기울인다.

살아 있다는 느낌이 들면서 내 몸이 다시 그 음표들의 공간으로 돌아온다. 노래를 부르고 싶다. 치맛자락을 빙그르르 돌려본다.

어질어질하다.

문득 정신을 차려보니 공기 중에 마라 드 부아 향기가 떠돈다. 프랑스에서 개발된 딸기다. 맛이 좋기로 유명하다. 갑자기 그 딸기를 실컷 먹고 싶다.

속으로 사고 싶은 물건 목록을 작성해본다. 조금 이따가 레미가 와서 장을 봐줄 수 있게.

한 친구가 나를 불러 세운다. "요즘 어떻게 지내?" 친구는 내가 내 병에 대해서 말하지 않을 것이고 딱히 할 말도 없다는 것을 안다. 나는 대꾸한다. "…… 지내요."

인파가 늘었다. 목보호대처럼 내 옆구리에 굳은 채로 축 늘어진 두 팔 때문에 초조해진다.
나는 좁은 골목길을 가로막고 서 있는 사람들 뒤에서 짜증을 내지 않으려 무던히 애쓴다.

저 멀리 벤치에 큼지막하고 파란 꽃다발을 든 여자가 보인다. 꽃, 달걀, 자기네 텃밭에서 키운 채소 몇 가지를 내다 파는 그녀는 나와 잘 아는 사이다. 나는 그녀의 미소가 좋다. 나하고는 동갑이고 이따금 사는 얘기도 좀 하고 그런다.
그녀는 내가 수레국화에 약하다는 걸 안다. 오늘 아침에 그녀는 나를 위해 수레국화를 한아름 구해왔다고, 조금 이따가 우리 그이가 들르면 그 편에 보내겠다고 말한다.

아케이드 공간이 나왔다. 나는 정육점, 치즈 가게, 생선 가게가 늘어선 거리를 성큼성큼 걸어간다.

바다 냄새, 썰물에 드러난 갯벌 냄새가 난다. 내장 냄새가 난다.

어느 매대에 시선이 머문다. 갑오징어다. 먹물이 시커멓다.

슬픔이 엄습한다. 갑오징어를 2킬로그램 사서 커다란 장바구니에 들고 가는 내 모습이 보인다. 손가락 전부에 먹물을 묻혀가며 정성스럽게 손질을 하고, 아무도 못 따라올 솜씨로 정성껏 요리를 해서는 올 겨울에 자식과 손자가 오면 함께 나눠 먹을 생각으로 꽁꽁 얼려둔다.

하지만 지금 내게는 장바구니가 없다. 12월에 아이들을 만날 수도 없을 것이다.

나는 우울한 생각을 얼른 쫓아내고 자질구레한 시각적 만족에 집중한다.

강을 조망하는 광장 입구에서 레미를 만난다. 그이의 손에 들린 수레국화 꽃다발이 나를 위로하는 것만 같다.

우리는 작은 노천카페 테이블에 자리를 잡고 앉은 뒤, 굴을 주문한다. 레미가 나를 위해 굴 껍데기를 벗겨준다.

오전 11시밖에 안 됐지만 그게 뭐 대수랴.

세상에서 제일 맛있는 굴이다.

부교에 밧줄로 매어 있는 배들이 보인다. 서두르는 기색 없이 하구(河口)로 나아가는 배들도 보인다. 그 느림이 내 마음에 맞다.

나에게는 아직 여름의 시간이 있다. 무릎 사이에 고개를 처박고, 갈고리 모양으로 굽은 두 손가락 사이에 끼운 담배를 피운다.

돌아가고 싶지가 않다.

아무

생각 없이

오가고

싶다

오늘은 안전벨트를 내 손으로 채우지도 못한다. 운전대를 돌릴 수도 없고, 운전대를 똑바로 잡고 있는 것조차 불가능하다.

그렇지만 이 실패로 끝을 내고 싶지는 않다. 그래서 노력하고 또 노력한다. 고장 난 로봇처럼 어설플지언정 기어이 팔을 들어 운전대를 움켜잡는 데까지는 해낸다.

땀에 흠뻑 젖고 진이 다 빠진 채로 액셀러레이터를 밟고 우회전을 하려고 한다. 하지만 자동차는 직진으로 도랑에 처박힌다.

나는 위험한 사람이 되었다. 이제 운전은 단념해야만 한다.

시동을 껐다. 갑자기 더는 못 버티겠다 싶어서, 그대로 무너진다.

나는 운전대에 머리를 찧으면서 절규하고 눈물을 흘린다. 다 부숴버리고 싶다. 이놈의 차에 발길질을 퍼붓고 싶다.

하지만 나는 그것조차 할 수 없다.

아직은 죽기 전에 차를 몰아 달리고 싶다. 아무 생각 없이 오가고 싶다. 나는 이제 완전히 남에게 의지해

살아갈 수밖에 없는 신세다.

실현될 수 없는 나의 욕망은 반쯤 죽은 여자의 딱하고 가망 없는 환상일 뿐.

이 단계를 비극으로 상상하기는 했지만 이건 절대적인 비극이다. 타자들이 나를 좌우하는 거다. 당장 내일부터 다른 사람의 도움 없이 지낼 수 없고, 혼자 있고 싶어도 다른 사람의 존재를 참아야 할 것이다.
나는 이제 혼자 있을 수 없다. 이제 늘 조력자들에게 기대어 살아가야 할 것이다.

지금 이 순간, 나는 그들의 호의와 애정 혹은 배려에조차 아랑곳하지 않는다.
나는 죽기 전까지 누가 내게 딱 붙어 수발들기를 원치 않는다. 나는 갇혀 지내기를 원치 않는다. 누가 나를 자동차 뒷좌석에 앉혀서 소풍에 데려가는 것도 싫다. 결박된 것 같은 그 느낌이 싫어 미칠 것 같다. 히스테리 같은 이 감정을 다스려야만 한다.
짐을 나르듯 누군가가 나를 옮긴다는 게 싫다.

분통이 터지고 맥이 빠져버렸다. 자동차는 도랑에 박

힌 채 내버려두고 차에서 내린다. 아직 내 다리가 움직이는 한, 나는 포기하지 않는다. 이 악몽에서 멀리 멀리 도망가고 싶다.

나는 생트까지 걸어간다. 꼬박 40분을 걸으려니 기진맥진이다. 하지만 네 발로 기어서라도 가고 말 테다.

걷다 보니 혈기 어린 분노는 가라앉는다. 나는 거리를 거닌다. 서툴게 내디딘 한 걸음 한 걸음이 몸을 쓰는 기쁨을 되살려준다.
발과 장딴지가 뻣뻣하게 굳어버렸어도 나는 빈사의 근육이 아직도 일하는 것을 느낄 수 있다.

나는 비틀거리는 발걸음으로 샤랑트강을 가로지르는 인도교로 향한다.
말을 잘 듣지 않는 두 팔이 움직임 없이 늘어진다. 팔의 무게가 어깨와 목을 잡아당긴다. 나는 겨우겨우 두 팔을 아랫배로 모아 얌전하게 포개야만 그 무게를 견딘다.

부두를 따라 쭉 걷는다. 물 위로 조용히 미끄러지며

75

멀어져가는 조정(漕艇) 보트들을 눈으로 좇는다.

나도 저 배들처럼 자유롭다고, 이 신기루에 한껏 취
한다.

세상을

한 바퀴

둘러보러

간다

한 줄기 자유의 바람이 나에게 날개를 달아준다. 믿음으로 그렇게 되기에 충분하나니.

드디어 나 혼자 떠난다.

예정대로 오전 9시 10분에 승합차 택시가 우리집 앞에 도착한다. 운전사가 내 가방 속 카드를 꺼내어 단말기에 찍는다. 나는 안전벨트 착용을 무시한 채 차창에 기대어 앉는다.

나는 밧줄들을 풀어버린다. 세상은 내 것이다. 세상을 한 바퀴 둘러보러 간다.

편안하게 한숨을 내쉰다. 나는 비장하다.

승합차에 오르자, 세상의 반대편, 끝을 탐색하러 나선 사륜구동차를 탄 것 같은 느낌이 들었다.

목에 두른 가방 속에서 소지품이 흔들거린다. 수표책, 은행카드, 지불해야 하는 고지서, 봉투 한 장, 볼펜 한 자루.

이마를 차창에 기대고 풍경, 철로, 높다란 대나무 울타리, 프랑스 철도청 차고, 아직 닫혀 있는 상점가의 간판들을 바라본다.

이제 나를 속박하는 것이 없다. 옆에서 수발드는 사람도 없다. 이제 나는 사람들이 말하는 약해빠진 사람이 아니다.

나는 도시를 가로지른다. 탈주 포로에게는 달콤한 영원과도 같은 시간이다.

목이 멜 만큼 도취했다가, 금세 또 이 감정이 그로테스크하다는 생각이 든다.

승합차 택시가 강을 건너면서 이 대대적인 여행은 막을 내린다.

여행의 종점은 법원 앞. 6분짜리 여정. 근사한 탈주라고 하기엔 거짓말 냄새가 난다.

나는 법원을 가로질러 카페 뒤 테아트르의 무거운 문짝을 머리와 어깨로 밀어젖힌다. 문짝이 어찌나 무거운지 좁은 틈을 내고 그 사이로 빠져나오다가 끼어죽는 줄 알았다. 카페 사장이 인사를 하면서 미소 짓는다.

나는 커피 한 잔을 주문하면서 "빨대도 좀 부탁드려요."라고 말한다. 제일 구석 자리 테이블 앞, 긴 의자에 자리를 잡는다.

고개를 숙이고 굽은 손과 치아로 다리 사이에서 덜렁거리는 가방을 끌어올리려 안간힘을 쓴다. 수표에 금액을 쓰고 봉투에 주소를 쓰는 데 필요한 물건이 모두 그 안에 들었다.

내가 불가능한 일을 붙들고 씨름을 한다지만, 의식이 끝까지 온전한 상태에서 내 삶을 영위하고 싶다.

볼펜이 드디어 굽어버린 손가락 사이로 들어왔다. 내가 열심히 그려 넣은 알아보기 힘든 기호들이 얼추 125유로처럼 보인다. 나는 부러진 막대 같은 글씨로 봉투에 단체명과 주소를 써넣는다.

전체적으로 그럭저럭 읽을 만하게 되었지만 이제 손에 힘이 빠져서 서명을 할 수가 없다. 이제 나는 나의 정체성을 입증할 도리가 없다.

문맹자의 십자 표시, 죄수가 엄지에 잉크를 묻혀 찍는 지장이 생각난다. 아니면, 장밋빛 립스틱을 바른 내 입술을 꾹 눌러 흔적을 남길까. 나는 어린아이 낙서 같은 흔적이라도 직접 남기기로 한다.

나는 나의 예술작품을 작자미상으로 간주한다. 사형

집행은 시작됐다.

나는 나의 별이 빛나는 밤을 멍하니 바라보면서 커피를 들이마시고, 카페 문이 열려 내가 나갈 수 있기를 기다린다.

우체국에 갔다. 나는 우체국 직원에게 들릴 듯 말 듯 한 목소리로 내 수표를 우표 붙인 봉투에 넣어달라고 부탁한다. 그러고 나서는 내 은행 계좌 내역을 확인하러 간다.

은행 카드를 기계에 집어넣을 수가 없어서 고객지원 담당자를 부른다. 나는 도움을 요청하며 이렇게 말한다. "제가 이제 서명도 못 하고, 현금 인출기에서 돈을 집어 들지도 못하거든요. 그렇지만 누구에게 위임을 하거나 통제를 받고 싶지는 않아요. 내가 어디에 어떻게 돈을 쓰는지 누가 보는 것도 싫고요."

담당 직원은 안타깝다는 표정으로 나를 한참 바라본다. "후견인 설정을 하셔야만 할 텐데요."

나는 그 사람을 무섭게 노려보고는 아무 말 없이 돌아선다.

제정신이 아닌 상태로 나를 기다리는 택시로 돌아온다.

택시의 승차감은 독방 수감자를 수송하는 자동차의 그것과 닮았다. 격자 창살이 둘러진 차창에 먼지 자욱이 뿌옜다.

나는 차창에 이마를 기댄 채 풍경을 바라본다. 불이 들어온 상점 진열창, 프랑스 철도청 차고, 대나무, 선로 변경 장치가 몰려 있는 철로 분기점. 토하고 싶다.

"볼일은 잘 봤어? 뭐 했어?" 레미가 묻는다.

"수표를 마지막으로 써봤어. 나는 자아를 박탈당했어. 되게 불교적이지 않아? 자기가 죽고 완전한 무소유에 이르다니."

나는 남편에게 용감하게 미소를 보이고는 이렇게 말한다. "포도주나 한 잔 줘, 부탁해."

나는

이제

늙지

않는다

나는 이제 늘 입고 벗기 쉬운 헐렁한 원피스 차림으로 있다. 완연한 병색을 감추고 싶어서 일부러 더 알록달록하고 하늘하늘한 옷을 고른다.

지난 초봄에는 흰색 바탕에 남색 세로 줄무늬가 넓게 들어간 짧은 피서지 원피스를 입었다.

내 모양새가 해변에 설치된 좁은 간이 샤워실 건물 같다.

집 전화가 울린다. 한숨부터 나온다. 전화를 받으려면 진이 빠질 만큼의 노력을 들여야 한다. 내가 수화기를 들기 전에 저쪽에서 끊어버리지 않기를 바랄 뿐이다.

이제 우리집 전화기는 나를 위해 바닥에 놓여 있다. 나는 전화기를 잡으려고 끙끙댄다.

스피커폰을 켠다. 내 귀를 수화기에 갖다 대고 있으려 해봐야 소용없으니까.

아이들이다. 한창 학교 다닐 나이의 손자들, 그 애들의 학업, 요즘 날씨를 두고 우리는 이야기를 나눈다. 아이들이 이렇게 말한다. "올해 여름은 8월 5일부터 13일까지 그쪽에서 지낼게요." "오, 그래. 당연히 와

야지! 아주 좋구나!" 나는 충동적으로 대답한다.
그러고서 우리는 전화를 끊는다.

전에는 애들이 온다고 하면 몇 주 전부터 좋아서 방
방 뛰었다. 하지만 지금은 그냥 아이들이 파리에 있
었으면 한다.
기계적으로 날짜를 기억해두기는 하지만 아무 느낌
이 없다. 한 달 뒤인가? 일주일 뒤인가? 며칠 남은 거
지? 그들의 여름이 나의 여름인가?

이제 나중 일은 모조리, 당장 내일 일마저도 존재하
지 않는 것 같다.
나는 그런 미래를 생각하지 못하겠다. 나와 상관있는
일처럼 느껴지지 않는다. 아이들이 정말로 올해 여름
에 여기 와 지내는 모습을 상상하기가 힘들다. 나는
알지 못하는 시간 얘기를 하는 것처럼 들린다.
나는 오늘만 사는 사람. 앞일은 예측할 수 없다. 불쾌
함이 나를 사로잡는다. 이제 내 자식들의 계획에 발
을 맞추지 못한다는 죄책감이랄까.

시간 감각이 없다. 날짜도 모르겠고 지금이 무슨 달

인지도 모르겠다. 이제는 달력을 넘기지도 않는다. 그저 일어나고 누울 뿐……. 다시 일어나고 누울 뿐……. 부동의 시간 속에서.

이 병의 진단이 떨어지던 바로 그 순간, 시계는 멈춰 버렸다. 루게릭은 시간을 정지시키고 시간의 흐름을 희석시킨다. 유예된 시간은 아름다울 법도 하지만 웬걸, 그렇지가 않다.

나는 다른 사람들과 유리된다. 나는 공상에 빠져드는데 내 주위 사람들은 계획을 세운다.

이따금 손주들의 사진에 시선이 머문다. 사진 속 아이들은 아직 어리다. 지금은 모두 열다섯 살에서 열아홉 살 사이의 청소년이 되었다.

나에게 그 아이들은 영원히 지금의 나이일 것이다. 그렇지만 입장을 뒤집어봐도 마찬가지다. 손자들은 어른이 되고 계속 나이를 먹겠지만 나는 영원히 쉰아홉 살로 남을 것이다.

연극처럼, 나는 시간의 통일성 속에 있다. 나에게 한 달 혹은 두 달 뒤에 무엇을 할 거냐고 묻는 사람들을 이해할 수가 없다. 당장 내일모레 일도 알 수 없는데.

자리에 눕고 또 일어나 봐야 소용없다. 새날은 오지 않는다.
나에게 내일이라고는 죽음, 그것 하나밖에 없다.

나는 이제 늙지 않는다. 그 사실이 마음에 들 수도 있다. 하지만 이건 저주다. 나는 이제 존재하지 않는다. 나는 망령이 된 것이나 마찬가지다.
그리고 나니 당장 사용하는 언어부터가 바뀌었다. 이제는 미래형으로 말하지 않는다. 쓰다 보면 마음 한 구석이 콕콕 아파오는 반과거 시제도 쓰지 않는다. 내가 구사하는 동사는 현재형이다. 내게는 광대하면서도 위축된, 영원한 현재밖에 없다.
나는 시간의 눈 속에 산다. 태풍의 눈처럼, 시간의 질주에서 외따로 떨어진 곳에.

전화를 끊고 나서 아무것도 못 하는 나는 그냥 머물러 있다. 나의 하루가 다시 흘러간다. 이제는 이런 게 여느 날과 다를 바 없는 하루다.
공연히 이 방에서 저 방으로 건너가고, 앉아도 보고,

그랬다가 또 일어난다.

나는 방황한다.

어렸을 때 우리 할머니는 게으름이 만악의 근원이라고 했다. 병원에서 만난 심리치료사는 무위(無爲)에도 좋은 점이 여러 가지 있다고 했다.

도대체 어떤 점이 좋다는 건지 알아야겠다.

시든 꽃다발이 눈에 들어온다. 두 시간 전에도 저 앞에 한참 서 있었고, 그때는 눈에 들어오지도 않았다. 꽃다발을 매만지고 이파리를 한데 모으고 싶다. 하지만 그럴 수 없다. 팔을 쭉 뻗지 않고는 어림없다.

가만히 바라보는 것 말고 뭘 할 수 있을까? 나는 도자기의 돌결 하나하나까지 꿰고 있다. 꽃잎이 어디가 얼마만큼 시들고 퇴색했는지 훤히 안다.

나는 내가 다시는 펴보지 못할 저 책들이 어떤 순서로 꽂혀 있는지 안다. 나도 배경의 일부가 되어버렸다. 나는 늘 똑같은 자세로 앉는다. 발목을 살짝 엇갈린 채 팔은 무릎에 올려놓고, 굽어버린 두 손을 포갠 자세에서 미동조차 하지 않는다.

사물 하나하나를 이름이 지워질 때까지 바라본다.

내 삶의 배경이 최면을 건다. 나는 차츰 몽롱해진다. 그러다 결국은 기어이, 걷잡을 수 없게 밀려드는 상념에 빠져버린다.

몸에서 멀어진 채 머리만 굴리다 보니 나는 심하게 야위었다. 그리고 내 머릿속에서는, 아마 이렇게 말할 수 있을 터인데, 작품 해체의 캔버스가 어렴풋이 채워져간다. 존재를 멈추기 위한 밑그림이 그려진다. 새장에 갇힌 새는 자신의 죽음을 생각하지 않을 수 없다.

해가 넘어간다. 이제 몇 시인지도 모르겠다. 애들이 언제 전화를 했더라?

이 생각들을 멈춰야만 한다. 나는 자리에서 일어나 주먹으로 CD 플레이어 버튼을 꾹 누른다.

CD를 바꿔 끼울 수 없으니 잘됐다. 나는 오드라 블랙너의 「그 문제의 진실」을 무한 반복해서 듣는다.

축제의 날,

사랑의 날,

음악의 날

그림자가 짧아졌다. 해가 정점까지 치고 올라갔다.
하지(夏至)다.
나에게는 축제의 날, 사랑의 날, 음악의 날이다.

정말로 이러고 싶었다. 간절히 바랐다. 르아브르에
와서 소피 언니와 떠나는 배들을 꼭 봐야만 했다.
우리 여섯 명은 여기서 닷새를 지낸다. 우리가 달려
온 거리를 합치면 600킬로미터다. 자동차 두 대, 정이
넘치고 우스갯소리 가득한 보따리.
우리는 큰 집을 한 채 빌렸다. 이 집의 이름은 '메종
뒤 파사주'다. 이름 한번 잘 지었다. 잠시 체류하는
집, 통과해야 할 집이라니.

갈매기들이 유유히 날아다니며 개 짖는 소리 비슷하
게 울어댄다.

내 언니 소피는 갤러리 카페 몬테크리스토를 운영한
다. 우리는 색감이 좋은 카페 테라스에 자리를 잡는
다. 사우샘프턴 부두 남쪽에 위치한 카페다. 나는 손
이 아니라 시선으로 꼼꼼히 언니를 어루만진다.
카페 맞은편, 알록달록한 컨테이너들로 이루어진 카

테나 컨테이너 박물관이 도시와 항구를 이어준다. 르아브르가 하늘과 바다가 맞닿는 곳에서 뚝 떨어져 나와 어딘가로 벗어나는 것 같다. 그게 아니면 페리보트가 요동치는 모양이다.

움직이는 것이 도시인지 배인지 나는 모르겠다. 그저 초현실주의적인 도취감이 있을 뿐. 춤을 추고 싶다.

안 원츠 투 댄스.

오늘 6월 21일, 르아브르가 500주년 기념 축제를 연다. 내가 마지막으로 맞는 여름, 마지막 여름의 축제다. 나는 눈곱만큼도 우울하지 않다. 단지 구역질이 좀 올라온다. 노르망디교(橋)만큼 거대한 구역질이. 모든 것이 떠 있고 정원마저 저 높은 곳에 자리한 이 도시에서 내 심장은 자바 춤을 추고 싶어 한다.

소피가 마실 것을 내온다. 바람에 여자들의 머리카락이 헝클어진다. 충만함이 있다. 이제 다 됐다 싶다.

색감이 알록달록한 실크 원피스를 입은 내 모습이 보인다. 내가 맨발로 하얀 자갈을 밟으며 춤을 추고, 세상 끝까지 내달린다. 카이트 서퍼들 사이를 지그재그 가르며 나아가는 내 모습이 보인다. 영불해협의 물에

발을 담근 채 내 친구들의 왁자한 웃음소리를 듣는
다. 나는 하지와 함께 춤을 춘다. 예쁜 바람에 한껏 부
푼 보리설탕색 돛. 내 눈은 구름이 살러 온 저 믿기지
않는 하늘 아래 수평선으로 향한다.
머릿속에서 이 노래가 떠나지 않는다.
안 원츠 투 댄스.

이 마지막은 다른 마지막들과 비슷하지 않다. 하지라
서 그런가? 노르망디 분위기 때문인가? 벨기에 국경
이 가까워서? 이 장거리 자동차 여행에 우리의 우정
이 함께하기 때문에?
비록 나는 평소처럼 내 손으로 할 수 있는 게 아무것
도 없지만 여기서는 그렇지 않은 척한다. 나는 가족
과 친구와 함께 이 별난 도시에 묻혀버린다. 여기서
는 모두가 좀 제정신이 아니다. 우리끼리 통하는 헛
소리, 아무 말을 지껄이고 농담을 쏟아내는데 그게
아주 즐겁다.

우리는 생 조제프 교회에서 항만의 종탑까지, 고가정
원에서 '세상의 끝'이라는 뜻을 가진 르아브르 해안
절벽 지대 부 뒤 몽드에 이르기까지, 이 도시를 구획

별로 나눈다.

에트르타의 어느 테라스에 앉아서 갈매기들의 호기심 어린 눈길을 받는다. 바람이 어찌나 차가운지 나는 난방과 모포를 달라고 할 수밖에 없었다.

옹플뢰르다. 관광객의 발길이 아직 닿지 않는 꽃그늘 정자에서 친구 하나가 용감하게 카망베르 와플에 도전한다. 나는 그 와플에 깜짝 놀라 손사래를 친다.

허허벌판을 달린다. 길가에 지역 농산물인 감자 자동판매기가 있다. 신기하다. 우리는 속이 노랗고 길쭉한 이 지역 품종 감자를 6킬로그램 산다.

나는 인생의 마지막 시간을 살고 있는데, 감자 자동판매기는 태어나서 처음 본다.

친구들이 온갖 어릿광대 짓으로 정신을 못 차리게 한다. 이 용감한 졸병들이 벨기에까지 함께 행군하고 나서 아무 타격 없이 살아갈 수는 없을 거다.

친구들의 한결같음에 감동받는다. 이제 세상의 시끄러운 소리는 친구들의 정겹고 작은 말들에 쓸려가버린다. 내게 조금도 미치지 못한다.

나는 외줄타기 곡예사다. 친구들은 내가 생과 사를 연결하는 가느다란 한 가닥 줄 위에서 균형을 잃지

않게끔 도와주는 막대기 같다. 그들은 나를 따뜻하게
감싸주고, 내가 불치병 앞의 절망이라는 막다른 절벽
에서 비끗하며 추락하지 않게 도와준다.

사랑이 인생의 모든 순간을 어렵게 만든다. 하지만
나를 지탱해주는 것도 사랑. 나의 친구, 내가 사랑하
는 사람들은 이런저런 유쾌한 배려를 고민하고 또 고
민해내어 내 고통을 덜어준다. 나는 그들에게 바짝
붙는다. 그렇게 근근하게나마 빛 안에서 살아간다.
그들이 나의 힘, 나의 약점이다. 나의 길잡이, 나의 상
처다.
나는 인연을 풀어내는 법을 배운다. 촘촘한 바늘땀을
뜯어내어 사랑이라는 한 점의 작품을 풀어헤쳐야 한
다. 거리를 두기로 작정하고 짐을 덜어낸다. 그래야
끝내 다가올 이별이 덜 잔인할 테니까.
나는 그들이 나 없이도 삶을 향해 달음질하기를 바란
다. 그들이 나를 떠나가기를 바란다.

물론, 르아브르에 온 오늘 내 정신은 이따금 엉뚱한
데로 빠진다. 정신이 시시때때로 이 작은 행복에서
떨어져간다. 그러고는 갈매기들에게 그 날갯짓으로

나도 멀리멀리 데려가달라고 간청한다.

나는 뒤로 물러선다. 넓게 보려 한다. 살아 움직이는 그림 속에서 나만 빠져나오려 한다. 하지만 친구들이 너무 유쾌하고 재미있어서 그들의 쾌활한 웃음소리에 그만 발목이 잡히고 만다.

록산이 합류해주어서 기쁘다. 우리는 다 함께 모여 저녁을 먹는다. 여자가 일곱, 남자가 넷. 남자 네 명은 우리 여자들이 정신 쏙 빠지게 굴어도 끄떡 않는 인내심을 보여준다.

그들은 체념하고 우리가 탈수 증상을 보이지 않도록 마음 써준다. 우리는 밤 산책을 한다고 쏘다니고 많이 웃는다.

조금 있으면 죽을 사람이라고 웃지 않을 수 있나?

마지막 아침. 일찍 눈이 떠진다. 왠지 모르게 눈물이 난다.

무시무시한 슬픔이 나를 짓누른다. 이 정도의 슬픔은, 이렇게 늘임표가 찍힌 슬픔은 한 번도 느껴본 적 없다.

나는 아무도 없는 주방 간이 의자에 앉아서 아무 말도 못 하고 움직이지도 못한다. 마법이 풀렸다. 신데렐라의 마차가 호박으로 되돌아왔다.

가족과 친구들을 생각한다. 우리가 서로에게 안녕을 고한 이 아름다운 방식을 생각한다. 환하게 미소 지으면서도 슬쩍 젖어들던 그들의 눈시울을, 현실로의 복귀를, 그들의 용기를, 그들의 사랑을 생각한다.

르아브르에서 그들은 나를 춤추게 했다. 안 원츠 투 댄스. 마지막으로 추는 춤.

나의

최후도

내 삶의

일부다

10

나의 유예된 시간 속에서, 오늘 저녁, 바람은 남쪽으로 분다. 추적추적 비가 내린다. 나는 세차게 퍼붓는 폭우를 좋아한다.

나의 집필실 창이 열려 있다. 열차가 출발한다는 생트역의 방송이 들리곤 한다.

병이 들기 전에는 그런 방송을 들으면 미소가 지어졌다. 오늘은 그 소리가 형벌 같다.
나도 역에 있다. 하지만 오도 가도 못 하고, 승차권도 없다. 그저 여행자들 사이를 헤맨다. 내 좌석은 없다. 이제 내 자리는 없다. 나에게는 비상구도 없다. 저 분주한, 산 자들을 꼼짝 없이 바라보고만 있어야 한다.

루게릭은 내게서 모든 것을 앗아갔다.

나의 수명, 나의 계획, 내 상상의 세계, 나의 바람, 내 몸의 온전함, 나의 자율, 나의 꿈, 나의 밤까지.
병은 나를 이제 산 채로 미라 신세가 되어야 한다는 공포에 처박는다. 정확히 언제인지는 모르지만 금세 죽을 거라는 확신으로 처박는다.

나의 사형 집행은 계획되어 있다. 하지만 뜻대로는
안 될 거다.

담 시몬°이 예의 나른한 목소리를 다시 한번 들려준
다. 기차는 떠날 것이다.
나는 숨이 넘어가도록 플랫폼을 질주하려 애쓰는 내
모습을 상상한다. 하지만 이제 플랫폼이 없다. 내 짐
가방은 철로에 떨어져 속을 훤히 드러내고 있다.

주위를 둘러본다. 손을 내밀어주는 이가 없다. 아무
도 내가 떠날 수 있도록 도와주지 않는다.
내 마음, 내 정신이 또 한 번 괴로움과 어려움을 겪어
야 한다. 이 막대한 고통을 측정할 잣대는 없다. 한 조
각 통찰력을 붙잡아두기 위한 저항의 소도(小島)가 간
신히 남아 있을 뿐.
그렇다. 내 눈에는 보인다. 욕망도 없고, 여자로서의
삶도 없이, 내 삶에서 분리되어 강제 수용된 내가 보
인다. 박해당하는 내 몸. 미치기 일보 직전까지 치달
은 괴로움과 절망.

우리 집에서 멀지 않은 곳에서 열차 지나가는 소리가

• 담 시몬(Dame Simone)은 프랑스 철도청의 안내방송 녹음을 맡은 성우이
자 라디오 진행자 시몬 에로(Simone Hérault)의 애칭이다.

들린다. 그렇지만 나는 아직도 여기에 있다. 마비된 상태로. 이러지도 저러지도 못하게.

굳어가는 몸뚱이로 버림받는다는 절망과 공포가 엄습한다.

병의 진전이 너무 빠르다. 이런 건 원하지 않는다. 사는 것 같지도 않은 삶을 살기 위해 도움 받기도 싫다. 여기서든 다른 곳에서든 연명 치료는 원치 않는다. 다른 사람이 수저로 밥을 떠먹여주는 것도 싫고, 인공호흡기를 달기도 싫다.

나는 이 최악의 사태가 다가오는 것을 가만히 두고 볼 수 없다. 쇠잔해가는 신체와 유폐 상태가 점점 더 극심한 정신적 고문으로 다가오기 때문이다.

나는 죽느니만 못한 생의 날이 오기 전에 무기를 내려놓고 항복할 수 있기를 원한다. 죽음은 내 삶의 계획이 아니다. 나도 죽고 싶지 않다. 나를 죽음에 가닿게 하는 것은 루게릭, 이 철천지원수다.

나는 적과 협정하거나 협력하기를 거부한다. 놈이 차곡차곡 벽돌을 쌓아 내 감옥을 짓는 꼴을 보면서 배알도 없이 흙손까지 넘겨주지는 않겠다.

나는 나의 최후에 대한 책임을 모면하는 게 아니다.

나의 최후도 내 삶의 일부다. 나는 내키지도 않은 채로, 삶의 마지막을 무력한 의료진에게 넘겨주지 않겠다는 거다.

내게는 궁극의 자유가 남아 있다. 어떻게 죽을 것인가를 선택할 자유.

이제 밖에서는 빗줄기가 거세게 땅을 내리친다. 시야를 가로막는 하얀 막 때문에 저 멀리 아베이 오 담 수도원의 종탑이 보이지 않는다.

담 시몬의 목소리도 이제 들리지 않는다.

플랫폼에서의 기다림으로 나는 피폐해졌다. 이제 도와달라고 애걸한다. 나의 열차가 지나가기를. 그 열차는 반드시 잘 지나가야 할 것이다. 하지만 떠나는 때만큼은 내가 정하게 해달란 말이다.

나는 혹독한 고난이 닥치기 전에 차분하게 죽음을 맞고 싶다. 나는 지름길로 갈 테다. 금지를 피하기 위해 국경을 넘어갈 테다. 생에 대한 감각을 포기하지 않고 나의 죽음을 선택할 테다.

그렇다. 사람들 말마따나 권리와 프랑스 법률과 시민

의 자유는 나보고 병자 상태에선 찍소리 말고 멈춰 있으라고 한다. 그러나 나는 그런 제한을 인정하지 않는다.

원칙적으로 그러한 금지는 정당화될 수 없다. 뭐라 말할 수 없는 고통을 보더라도 그렇고, 황당하리만치 냉철한 나의 정신을 보더라도 그렇다.

지금 해가 넘어간다. 나는 이제 나에게 손을 내밀며 부드러운 말투로 "자, 이제 아무 걱정하지 말아요."라고 말해줄 사람을 찾는 것 외에는 선택의 여지가 없다는 것을 안다. 그 손길은 내가 믿지도 않는 신에게서 올 리 만무하다.

내가 그 손길을 찾으면, 내가 의인들을 만나게 되면, 이 걷잡을 수 없는 불안은 그칠 것이다. 함부로 판단하지 않고 호의를 베풀어, 용인되지 않는 일을 끝내 하겠다는 나의 선택을 따라줄 의사들을 만나게 된다면 말이다.

연못에서

맑고

예쁜 소리가 난다

땅이 낮은 곳. 아름다운 연못 하나와 샘 하나. 물냉이 재배지, 숲, 늪. 마법의 장소. 누구와 얼굴 마주칠 일 없고, 지나가는 자동차도 없다.

모든 것이 나보고 이제 놓아버리라고 충동질한다.

도미, 샹투, 클로드는 안마당 차양 아래서 탁구 시합을 한다.

그들은 나를 위해 너무 그늘지지도 않고 너무 직사광선이 내리쬐지도 않는 자리에 접이의자를 설치해주었다. 그러고는 나에게 뽀뽀를 하고 이렇게 말한다.

"검정색 선글라스를 쓰고 그렇게 있으니까 나른하니 축 늘어진 연예인 같아요."

나는 내가 게임을 하기에는 너무 게으르거나 피곤하거나 실력이 모자라다고 생각하기로 마음먹는다. 그들의 춤추는 듯한 몸짓을 지켜본다. 땅에 떨어진 탁구공을 줍느라 쉴 새 없이 허리를 구부리는 안무가 단조롭다.

그들이 재잘대는 말과 우스갯소리를 듣는다. 그들이 나를 웃긴다.

탁구대에 공이 떨어졌다가 튕겨나가는 짧고 둔탁한 소리가 그들의 대화에 박자를 맞춘다. 그 소리가 메트로놈처럼 내 심장 박동에도 박자를 맞춰준다. 내가 등지고 앉은 작은 숲에서 비둘기 두 마리가 서로 날개를 요란스레 비벼대며 애정 행각을 벌인다.

탁구 치는 사람들은 식전주를 걸고 내기를 한다. 하지만 우리가 함께 마신다는 게 중요하지, 누가 이기고 지고에는 별로 개의치 않는다. 물론 나도 마실 거다. 나에겐 귀여운 유리 빨대가 있으니까.

나는 선수들을 응원한다. 그들이 탁구대에 엎어지거나 공을 놓치면 신나게 놀려먹기도 한다.

이 보석처럼 귀하고 평화로운 초록에 묻혀 그들과 함께하는 이 시간이 정말 즐겁다. 그들의 시합, 그들의 웃음을 공유한다는 게 즐겁다.

하지만 나는 안달이 난다. 당장 자리를 박차고 일어나 라켓을 낚아채고 싶어 죽겠다. 나는 갈색으로 그을린 내 다리와 꼬챙이처럼 빼빼 말라버린 내 팔을 흘끔흘끔 곁눈질한다.

내가 탁구를 칠 수 없다는 현실을 아직까지도 못 믿겠다. 어떤 활동에도 나는 참여할 수 없다니 믿기지 않는다. 정말 별것 아닌 활동조차도 말이다.

식사를 준비한다든가, 주사위놀이를 한다든가, 커피를 내리는 일, 개암나무 가지치기, 심지어 사진을 찍는 것조차 못 한다. 은은하게 비치는 빛이나 연못 수면에서 노니는 잠자리 사진을 찍는 걸 그렇게나 좋아했던 나인데. 다른 사람들이 하고 싶은 일 목록을 작성할 때 나는 포기해야 하는 일 목록을, 끝이 보이지도 않는 그 목록을 작성해야 하는가. 나는 그러지 않겠다.

내 주위의 모든 것이 부산스럽게 돌아가는데 아무것도 못 하면서 기분 좋을 리가 있나.

이따금, 팽팽하게 유지하고 있던 자제력이 조금 느슨해지면 무시무시한 질투심이 치밀어 오른다. 움직이는 사람들이 다 꼴 보기 싫다. 앞으로 나아가는 사람들은 전부 다 꼴 보기 싫다.

생의 엄청난 꿈틀이가 나를 괴롭힌다. 이건 증오와 다를 바 없다.

점심 식사라는 시련을 거치고 난 후, 침대에 누워서 몸과 마음의 휴식을 구한다.

음식물을 내 입까지 들어 올리기가 여간 힘들지 않았

기에 나는 정신이 홀딱 나가 잠인지 망각인지 모를 상태에 스르르 빠져든다. 일종의 희한한 가수면 상태라고 할까. 안간힘을 써봐야 내 힘으로는 이 얕으면서도 깊은 잠에서 빠져나올 수가 없다.

여읜 내 몸이 몹시 무거워진다. 뻣뻣한 다리가 천근만근이 되어 나를 아프게 한다.

나는 의식의 끈을 완전히 놓지 않은 채로 별안간 잠든다. 하지만 밤에는 이리저리 배회를 하며 뜬눈으로 지새우기 일쑤다.

초현실주의 그림 속으로 들어간다. 삐딱하게 기울어진 풍경, 인체 구조가 왜곡된 사람들. 그들은 내가 모르는 언어로 말을 한다. 나는 단어들을 입 밖으로 차례차례 뱉어보지만 한참 지나 그 단어들이 도로 내 안에서 메아리친다.

잠에서 깨어난 후에도 그 단어들이 똑똑히 들린다. 상식적으로는 말이 안 되지만 수수께끼처럼 난해하게 연결된 음절들.

또 어떨 때는 화석이 되어버린 남자와 여자가 가득한 갤러리를 거닌다. 거기서도 나는 현실에 존재하지 않는 이 언어로 그들에게 악담을 퍼붓곤 한다.

살아 있는 미라의 모습으로 제단에 누워 있는 내 모습을 보기도 한다. 심각하고 준엄한 얼굴들이 나를 둘러싸고 구경한다. 나는 그림의 반대편으로 다시 넘어가려고, 이 갑갑한 반수(半睡)에서 빠져나가려고 발버둥친다. 하지만 자주 실패한다. 흡사 철통같은 손길이 나를 가로막기라도 하는 것 같다.

사력을 다해 마침내 벗어났다 싶은 때. 시계를 보니 내가 한두 시간 동안 그러고 있었나 보다.
쾌감은 없고 기분 나쁜 맛만 남는 여름날의 낮잠.

친구들은 자기 일에 열중한다. 나는 활활 타는 듯 달궈진 테라스에 맨발로 나가서 멍하니 넋을 빼놓고 나비들의 춤을 바라본다. 나는 기묘한 언어의 혼란을 느낀다. 단어들이 산 자의 세계와 인식의 세계 밖에 있는 것을 더 이상 지칭하지 못하고 사물을 가리키지도 못할 때의 소통 불가능성을 생각한다.
문득 내가 마지막 여행의 길동무에 대해 말하지 않는 이유를 알 것 같다.
사실, 상상할 수 없는 것에 대해서는 할 말이 별로 없다.

나는 연못 기슭으로 내려간다. 물에 비친 내 모습의 이지러지고 갈라진 틈에서 이 구제불능의 삶 중독에서 벗어날 용기를 구한다.

멀리서 친구들의 웃음소리, 그들이 몰고 가는 자전거 소리가 들린다. 배가 아프다.

나는 인연을 풀어내는 법을 배운다.

나의 생명력은 시들어가지만 나는 아직도 불행에 등을 돌릴 수 있다. 나는 내 안의 자유를 향한 이 희한한 열중을 입막음한다. 그러지 않으면 내가 너무 괴롭다. 내 안의 자유는 잘 다져진 오솔길에서 멀리 벗어나 다른 곳에서 변화를 찾기를 좋아한다. 잠시도 한 가지 모습으로는 살지 못하고 늘 부산을 떠는 되바라진 여자아이가 내 안에 있다.

나는 그 아이의 애절한 부름을 듣고도 한결같이 귀를 닫는다. 주먹질을 피하려고 손을 들어 얼굴을 가리듯, 보호본능과 필요를 좇아 그 아이를 몰아낸다.

나뭇가지들이 드리운 지붕 아래를 지나간다. 샘에서 졸졸졸 맑고 예쁜 소리가 난다. 샘물에 발을 담그고 싶지만 깨끗이 단념한다. 넘어지기라도 했다가는 절대 내 힘으로 못 일어날 테니까. 그래도 샘물의 찬 기운은 느껴진다. 서서히 흐르며 조금씩 내 몸을 굳혀버리는 용암을 저 샘물이 확 식혀주면 좋겠다.

"우리가 자전거 타러 나갔다가 돌아오면 뭐 하고 싶어?" 아까 친구들이 내게 물었다.
나는 이제 하고 싶은 게 있을 수가 없다.
나는 이제 선(禪)이다. 단순한 은유로 하는 말이 아니다. 나는 역할, 인물, 기대, 작동 방식, 두려움, 꿈을 떠났다. 나는 어떤 순간도 되살지 않고 문을 통과하려고 나를 죽인다.

함께

국경을 넘을

사공들이 있다

나의 방황이 드디어 끝났다. 나의 노력에 하늘과 땅도 움직였다. 국경을 모르는 심장과 두뇌의 소유자들이 움직여주었다. 비록 어려운 일이기는 하나 해방은 가능하다.

나는 속에서부터 아주 차분해진다. 마음이 잠잠해지고, 두뇌가 이제 헛돌지 않는다.

이 만족감은 나의 불운한 팔자마저 받아들인다. 이제 나는 짐 가방을 내려놓을 수 있게 될 것이다. 집요하게 알아보기를 잘했다. 덕분에, 미쳐버리기 전에 죽을 수 있겠다.

이 오후, 북해의 바닷가. 바람이 아주 차다.

나는 맨다리에 원피스와 하늘색 바람막이 점퍼만 걸쳤지만 하나도 춥지가 않다.

분수령의 능선을 바라보고 있자니, 드디어 마음이 평화롭다.

이제 막 사공들을 만나고 왔다. 이제 그 사람들이 내 삶의 일부다. 그들은 내가 이 삶을 떠날 수 있도록 도와줄 것이다.

엄격하고 깐깐하며 신중한 사람들이라는 느낌을 받

았다. 그들은 나에게 다정한 손길을 내밀어주겠다며 자원했다. 사공들이다.

한 여자 의사는 몸을 더 이상 돌봐줄 수 없을 때 영혼을 돌보기로 작정했다고 한다.

따라서 나는 이 나라를 떠나서 내가 어린 시절을 보냈던 벨기에로 가야 한다. 거기까지 누군가가 동반해주어야만 비로소 다정한 손길의 도움을 받아 죽을 수 있다.

벨기에는 너무 멀다. 나를 돌봐주는 사람들, 생트, 프랑스의 쉬드우에스트 지방, 나의 가족들. 이 모든 것에서 멀리멀리 떠나야만 어느 날부터를 죽느니만 못한 삶으로 칠지 결정할 수 있다.

프랑스에 있으면 루게릭병을 최후의 최후까지 고스란히 견뎌야만 할 것이다.

의사가 지나치다고 판단하는 순간부터 할 말도 하지 못하는 환자들을 뒤덮는 법적 어휘와 문서들.

끔찍한 최후라는 현실을 가리는 베일들.

하지만 불치병 환자에게는 어떤 의무도 없다. 내가

나의 선택을 밀어붙인다 하여 피해를 입을 사람은 없다. 지옥조차도 끝까지 살아보겠다는 사람들에게 내가 무슨 잘못을 저지르는 것도 아니다.

바닷가. 파도와 모래언덕밖에 보이지 않는 내 마지막 땅에서 하늘은 부루퉁하니 흐리지만 나는 살아 있음을 느낀다.
한 줄기 생명의 바람이 내 다리를 기분 좋게 어루만진다.
나는 이제 혼자가 아니다.
나는 여전히 플랫폼 벤치에서 기다리고 있지만 이제 내가 부르기만 하면 열차가 온다는 것을 안다. 사공들이 나에게 손을 내밀어줄 것이다.

끈끈하게 들러붙어 있던 정신이 풀려난다. 나는 다시 생각이라는 것을 할 수 있다.
나는 충분히 시간을 들여 내가 사랑하는 사람들에게 작별 인사를 보낸다.

사라지는

연습을 하다

13

여행을 떠나는 사람이 돌아올 날을 생각해 집을 잘
정리해두듯이, 나도 친구 한 명에게 도움을 받아 이
것저것 정리하고 분류하기 바쁘다. 책상을 싹 비운
다. 컴퓨터도 치웠다. 버릴 것은 버리고, 닦을 것은 닦
는다.
옷가지와 장신구 몇 가지, 행운을 가져다준다는 자질
구레한 물건들, 그림 몇 점, 그리고 엄청난 양의 책은
나눠 가지라고 남겨둔다.

대청소를 하고 나니 마음이 놓이고 개운하다. 이제
나와 가장 가까운 사람들이 억장이 무너지는 심정으
로 나의 내밀한 공간에 무단 침입하고 유품을 정리하
는 광경을 상상하지 않아도 된다.
나에게는 이 대청소가 짐 없이 떠날 여행을 준비하는
일종의 의식이기도 했다.

내 친구는 좋다는 건지 나쁘다는 건지 모르겠지만,
어쨌든 이렇게 몽땅 다 정리해버리는 게 이상하다고
말하면서도 이것저것 박스에 넣어 내다버리기 바쁘
다. 그러는 동안 나는 여위고 오그라든 손가락을 펴
느라 아파서 어쩔 줄 모른다.

갈고리처럼 구부러진 손가락들을 젖히고 나니, 시뻘
겋고 줄무늬가 좍좍 파인 손바닥이 보인다. 손의 열
기를 식히려고 입으로 바람을 후후 불다가 갑자기 이
일화가 생각나서 도미에게 이야기해준다.

내가 열두 살인가 열세 살인가 그랬을 거다. 우리 가
족은 아르카숑에서 식사를 했다. 그때 어느 연세 많
은 친척 아저씨가 재미로 사람들 손금을 봐줬다.
나도 손을 내밀었다. 아저씨는 처음에는 껄껄 웃으면
서 결혼을 세 번 하고 쌍둥이를 낳을 거라고 했다.
하지만 손금을 진중하게 들여다보면서부터 아저씨
얼굴에서 미소와 장난기가 싹 사라졌다.
내 손바닥의 생명선은 중간에서 뚝 끊겨 있다. 아저
씨는 더는 아무 얘기도 하지 않았다.

"도미, 그게 이미 하나의 단계였다고 생각하지 않
아?"
"음……. 이제 와서 그게 전조였다는 생각이 들어?"
나도 모르겠다. 하지만 이 웃기지도 않는 사연을 머
릿속 한구석에 간직한 채 성장하기는 했다.
그 이야기를 진지하게 믿지는 않았다. 하지만 그 이

야기가 나의 상상력을 부풀려주었고 적잖은 재미를 주기도 했다. 어쩌면 그런 일이 있었기에 나는 인간의 유한성과 차츰 친숙해졌는지도 모른다.

도미가 한숨을 쉰다. 오늘 아침부터 천연덕스러우리만치 느긋하던 그녀가 머뭇거리기 시작한다. 친구는 서글프다고 해도 좋을 미소를 지은 채, 나를 지그시 바라보며 묻는다.
"어쩌면 사람이 이렇게 담담하게 죽을 채비를 할 수가 있니?"

글쎄. 나에게 선택의 여지가 없기 때문일까? 아니면 그 연세 많은 아저씨가 한 악의 없는 예언이 나에게 마음의 준비를 시켰던 걸까?
뭐가 어찌 됐든, 나는 이 죽음이 두렵지 않다. 나는 정면을 바라본다. 나는 존재한다. 그리고 이제 얼마 후면 존재하지 않을 것이다.
나는 죽을 것이다.

나는 생을 벗어나 나를 생각하는 연습을 한다. 나 자신을 위하여 산 자의 픽션을 구상한다. 나는 죽은 나를 상상한다. 호들갑스러운 비극 없이 사실에만 입각하여, 그냥 단순히 죽은 사람으로만 상상한다.

눈을 감은 채 의식 없이 누워 있는 나. 생명이 이미 떠나간 몸. 산 자들에게 맡겨진 나의 육신. 벌거벗겨지고 고이 씻긴 몸.

죽은 나에게는 내밀함이 없다. 염치가 뭔가. 나는 이제 '나'가 아니다.

침대에 놓인 것은 유해일 뿐이다. 이 유해라는 말에는 각별한 감정이 깃들지 않는다. 장례에 쓰이는 말일 뿐. 그래도 사람들이 내 벌거벗은 몸뚱이를 덮어주기는 할 것이다.

사람들은 도기 인형이나 다름없는 무생물이 된 나에게 옷을 입힐 것이다. 내 곁에 있을 사람들, 생명이 떠난 내 모습을 바라볼 사람들의 눈을 배려한 마지막 몸단장. 나는 아름다운 시체가 되려나?

친구가 몸을 부르르 흔든다.

"너는 뭔지도 모를 것이 두려울 텐데."

친구는 그렇게 말한다. 아니, 그렇지 않다. 나는 뭔지 모를 것이 두려웠던 적이 없다. 오히려 그 반대다. 도시와 나라를 바꿔가며 열일곱 번이나 이사를 다녔던 떠돌이 어린 시절부터 사물의 비영속성과 차이를 뼈저리게 접했다.

단지 공포에 사로잡히지 않기를 바랄 뿐이다. 내가 돌아서려면 힘과 용기를 키워야 한다.

나라고 해서 그 친구보다 죽는 게 뭔지 더 잘 알 리가 있는가. 의사도 그건 모른다. 의사는 죽음이 인체가 작동하는 원리에 따라 심장과 호흡에 미치는 결과만 안다.

그 나머지, 나의 유해가 걸친 옷, 고통을 통한 속죄, 교회가 약속하는 백조의 노래, 여행, 두려움, 숨을 거두면서 남기는 말, 저세상으로의 넘어감……. 그런 건 다 픽션일 뿐이다.

이 세상에서 저 세상으로 과연 넘어가기는 할까? 산 자가 죽은 자가 되는 딱 그 순간이 존재하기는 한가? 이승으로 돌아와 알려줄 이, 아무도 없다.

죽는다는 것을 사유하기. 그건 과감하게 이러한 이미

지들을 털어내는 것이다. '죽다'라는 동사를 신체의 작동으로만 이해할 것. 그냥 불을 끄는 스위치 비슷하게 생각하고 아무것도 더 갖다 붙이지 말 것.

조금 전 나무에서 노래 부르던 울새는 고양이에게 잡혀 죽었다. 죽은 울새가 풀밭에 나동그라져 있다. 꼬부랑 노인은 양로원에서 숨을 거두었다. 시리아 어린이는 학살당했다. 맨체스터에서 자신의 우상과 함께 열창했던 어린 소녀는 폭탄 테러에 목숨을 잃었다.

그들은 모두 죽었다. 그들의 생은 끝났고, 그들의 심장은 멈췄다. 자연사니 비명횡사니 하는 상황과 감정이 다를 뿐, 모든 사람은 죽는다.

친구가 돌아갔다. 내 책상은 남지 않는 것만 못한 내 흔적을 다 비워냈다. 나는 계속해서 내 죽음의 픽션을 구상한다.
나는 죽은 여자라는 인물을 만들어내는 산 자다. 죽은 자라는 인물을 만들어내는 수고는 남은 자들에게 너무 버겁기 때문에 내가 다 알아서 하고 싶다. 그들에게 넘기기 싫다. 그리고 나는 아직도 '사후' 에필로

그를 직접 쓰고 싶다.

내가 죽기 위해서 벨기에로 망명하면 행정 절차상의 한심한 이유들과 시간 지연 때문에 내 시신의 화장도 그곳에서 해야만 한다. 그 점이 못내 서럽다.

벨기에까지 나와 동행하지 못한 이들이 나의 신체적 사망을 법적으로 확인할 수 있도록 샤랑트마리팀으로 돌아오는 날, 그래도 아름다움과 기쁨이 함께하기를 바란다. 그러한 감정이 깊은 슬픔마저 받아들이게 하니까.

생트에 있는 담 수도원 음악당. 둥근 지붕이 예쁜 그곳에 내 지인들이 모일 것이다. 아무도 장례식이라고 생각하지 않을 것이다. 그들은 목소리를 낮추지 않을 것이다. 속닥거리지도 않을 것이다. 검은 상복을 입지도 않을 것이다. 장례식에 온 사람 얼굴을 하고 있지도 않을 것이다. 아름다운 음악을 틀어놓고 눈물을 짜지도 않을 것이다.

생통주의 그 새하얀 석조건물에서 그들은 함께 있음에 위로받으며 맛있는 포도주로 건배를 할 것이다.

산 자들은 죽은 자에게 말을 거는 법. 나의 지인들은 착해빠진 빌어먹을 거짓말쟁이들이니 손님들에게 틀림없이 나에 대해서 좋은 말만 해줄 거다. 원래 다들 그러기도 하니까.

나는 음성메시지로 그들에게 말을 걸 것이다. 적어도 그들은 그곳에 와서 내 목소리는 듣고 갈 수 있겠다.

나는 그들에게 마지막 말을 남길 수 없다. 그들도 그건 안다. 그렇지만 내가 그런 말을 남기지 않음으로써 내 시신을 태운 재를 인적 없는 바닷가에서 뿌리기 전에 다시 한번 생을 기릴 수 있을 것이다. 우주, 해, 달과 조화를 이루는 이 괴물 같은 생. 언제나 나의 피난처이자 조언자였던 생을 기릴 수 있을 것이다.

별빛이

사라지는 것은

어쩔 수 없다

자연은 빈 데를 싫어한다. 나는 나에게서 생을 비워 내고 침묵으로 나를 채운다. 시간 개념이 사라져버렸을 때, 저주받은 그날이 왔다. 그날이 나의 머리와 몸, 내 구역으로 밀고 들어왔다.

세상의 소란은 이제 내게 아예 닿지 않든가 깊은 물속에 있을 때처럼 먹먹하게 들릴까 말까 한다.
이 소리의 진공 속에 자꾸만 떠오르고 아로새겨지는 이미지가 있다. 별이 빛나는 밤. 루게릭병 진단을 받고 라 로셸에서 돌아오던 길에 나의 정신이 아스팔트 위에 그린 그 이미지.

여름밤 혹은 겨울밤에 보았던 것처럼, 수십억 천체들이 반짝반짝 흩뿌려져 있는 어느 밤하늘.

나는 그 별들을 쳐다보고 또 쳐다보느라 눈이 빠질 것 같다.

별빛이 하나하나 사라지는 것은 어쩔 수 없다. 하루가 다르게 별의 수가 줄어든다.
그래도 나는 끈질기게 별을 찾는다. 별이 뜨려면 아

직 한참 남은 초저녁부터 하늘을 쳐다본다.

"하지만 당신도 알지 않아? 태양 가까이에서 빛나는 별이 실은 진즉에 죽은 별이라는 거."

레미가 한 말이다. 빛의 속도 이야기도 매혹적이지만 나는 과학적인 사고와 거리가 먼 사람이다.

나는 은하의 환상이 깨지는 것을 원치 않는다. 인간이 이미 달을 정복했다는 생각도 달갑지 않다. 나는 침묵 어린 별빛에 취한다.

하늘에 시커먼 구멍이 뚫렸다. 이 침묵이 요상하다.

이건 바이러스성 침묵이다. 침묵이 마침내 끝나는가 싶더니 좀 더 멀리까지 퍼진다. 쨍쨍하게 울리고 메아리친다.

어쩌면 체념, 어쩌면 나에게 필요한 초탈, 아니면 예견이겠지.

그래, 아마 그럴 것이다. 아무것도 없으리라는 예견.

나는 이 무언의 공간 속에서 아무런 고통을 느끼지 않는다. 나는 괴롭지 않다. 그냥 좀 어지러울 뿐이다.

나는 침묵을 친구 삼는다. 내 경험은 공유할 수 있는

것이 아니기 때문에 나는 차츰 이 상태가 좋아진다.
시간이 흐르면 흐를수록 더욱더 침묵을 탐하게 된다.
이제 침묵이 포근하고 안락하기까지 하다.

마지막

순간들은

아무것도

뒤엎지 않는다

내가 마지막으로 보는 라일락은 더 화사하고 강렬하기를 바랐던 걸까. 그렇지만 이 여름의 라일락이 다른 해의 라일락과 다르지는 않더라.

그날은 여느 날과 조금도 다르지 않더라. 다리에 힘이 쪽 빠져서 후들거리지는 않더라. 만감이 밀려와 한바탕 속을 뒤집어놓고 가지도 않더라.

마지막 순간들은 첫 순간들과 전혀 다르다. 마지막 순간들은 아무것도 뒤엎지 않는다. 그저 서운함과 비슷한, 심심하고 미적지근한 느낌을 남길 뿐이다.

마지막 순간들이 내 가슴을 뜨겁게 하고 애간장을 태우고 내 안에 고이 아로새겨졌더라면 좋았을 것을. 본질적인 경험이라면 좋았을 것을.

사람들이 하는 말을 믿지 마라. 심장이 더 세차게 펄떡대지는 않더라. 영혼이 더 흥분하지도 않더라.

눈을 힘주어 부릅뜨고 숨을 크게 들이마시면서 그 순간에 몰입하려고 해보았지만 소용없더라. 이 한 번으로 세상과 만물의 아름다움을 송두리째 빨아들이자는 심산으로 집중했지만 뭔가 강렬하고 대단한 일이 일어나지는 않더라.

도리어 좀 불편한 기분, 일종의 고통을 느꼈다. 장이 살짝 꼬인 것 같기도 했고 향수병 같기도 했다.

아마도 나의 마지막 순간들은 긴가민가한 느낌일 것이다. 나에게는 답이 없는 의문들만 있다.

어쨌거나 천년만년 살 것처럼 생각하는 것이 우리의 고질적인 인간 조건, 혹은 어렴풋한 어릴 적 기억일 거다. ─더요, 더요, 조금만 더요……. 심지어 생의 가장자리에서 죽음을 계획하는 와중에도 나는 끝을 완전히 믿지는 못한다.

아무것도 사라지지 않는다. 존재는 계속된다. 이 자명한 사실이 눈속임을 물리친다.

나는 생명이 아니고 세상이 아니다. 내가 아는 것은 단지 번뇌하는 자아의 터무니없는 대가일 뿐이다.

나에게 더 이상의 봄은 없을 것이다. 나는 이제 소생, 자연의 깨어남, 새싹, 수액을 빨아올리면서 서서히 벌어지는 연한 초록 순과 인연이 없을 것이다.

맨발로 이슬을 밟을 일도 없고, 대지를 스치듯 비치는 햇살도 볼 일 없을 것이다. 아침노을도, 빛과 어둠

이 엇갈리는 개와 늑대의 시간도 보지 못할 것이다. 사과나무에 꽃이 피는 것도 보지 못할 것이다. 라일락, 붓꽃, 작약의 그윽한 향기도 두 번 다시 맡지 못할 것이다.

짓누르는 무더위와 꿀벌들이 윙윙대는 소리도 내게는 없을 것이다. 늦은 시각까지 정원에서 저녁 식사를 즐길 일도 없을 것이다.

나는 때늦게 돌아오는 가을을 다시 보지 못할 것이다. 금갈색 나뭇가지들이 지붕을 드리운 로르몽길. 자전거를 타고 지나갈 때면 나의 하루를 환하게 밝혀주던, 그 길을 다시는 지나지 못할 것이다.

정원을 붉게 뒤덮은 낙엽들이 만든 양탄자를 밟을 때 나는 소리, 미농지가 바스락대는 것 같은 그 소리를 듣지도 못할 것이다.

나는 이제 이웃집에서 들고 오는 버섯 바구니를 꿈꾸지 않을 것이다. 과즙이 풍부한 배를 한 입 베어 물 일도 없을 것이다. 입 속에서 새콤한 귤 과즙이 터지는 것을 두 번 다시 느끼지 못할 것이다.

파리의 유쾌한 중심부와 주황색 센강 일대, 자욱한 안개와 서리를 다시는 보지 못할 것이다.

품이 큰 스웨터의 간질간질하면서도 부드러운 감촉도, 소리 없이 내리는 눈의 마법도 더는 느끼지 못할 것이다.

나는 다시는 크리스마스트리와 리스를 꾸미지 못할 것이다. 받을 사람을 생각해서 선물을 하나하나 다르게 열심히 포장하지도 못할 것이다.

나에게는 두 번 다시 돌지 않을 사시사철. 그 마법의 회전목마에서 이제 그만 내려가련다.

그렇지만 나는 지나간 가을과 겨울 들을 인식했다. 추워서 오들오들 떨었던 송년회를 제외하면, 지나치게 흐릿하고 막연한 기억이기는 하다. 내 친구들은 우리 마음을 달래주려고 나의 두 팔을 벌려 손에 손을 잡고 춤을 추게 했다. 나는 시끄러운 부기우기 음악에 맞춰 뒤뚱대는 한 마리 펭귄 같았다.

친구들은 자정의 카운트다운을 피하고 싶었기에 내게 새해 복 많이 받으라는 인사는 할 수 없었다.

나는 내 마음대로 운전하거나 이동할 수 있었던 마지막 순간, 나 혼자 열차를 탔던 마지막 순간을 사실 실감도 하지 못했다. 나는 혼자 열차를 타고 훌쩍 떠나기를 참 좋아했다.

내가 그런 일을 할 수 없게 된 날은 치가 떨리도록 무서웠다. 그날이 모든 것을 앗아갔다.

내가 자유로운 정신으로 내 입과 손과 팔과 다리를 모두 써서 사랑을 나누었던 마지막 때도 그게 마지막이라는 실감은 하지 못했다.

내가 사랑하는 사람들, 내 친구들을 마지막으로 껴안았던 때가 언제인지는 기억할 수조차 없다.
마지막으로 팔을 들어 그들의 목을 뜨겁게 끌어안았던 때가 언제였더라.

하지만 이게 낫지 않나?
딸아이가 까르르 웃음을 터뜨릴 때 '이게 마지막이구나'라는 생각 따위는 하지 않는 편이 낫지 않을까?

마지막이라는 자각은 다 끝장난 사람의 절망만 맛보게 하든가, 우울감이나 회한의 맛을 남길 뿐이다.

폭풍의

한복판에도

삶의

기쁨은 있다

16

나는 벨기에에서도 법적 절차를 엄수하면서 치료를 받았다.

항상 내 곁을 지키는 사공들 덕분에 나는 딱딱한 껍데기처럼 굳어진 몸에 한결 덜 지배받게 되었다. 그들은 나의 날들을 굽어보는 든든한 그림자들처럼 나를 보살펴준다.

우리는 한 번 더 만났다. 딸이 나를 보러 왔다. 나는 여기서 틈틈이 음성메시지나 이메일을 보냈고 전화 통화도 자주 했다.

유대는 몇 달에 걸쳐 이뤄진다. 죽음에 이르는 날에서 아주 멀리 거슬러 올라간 시점부터 그러한 유대관계가 맺어진다.

사공들은 병세의 추이를 살피고 나의 심리 상태를 확인한다. 그들은 마지막 순간에 가서 내가 마음을 바꾸어 계획을 엎어도 된다는 점을 자주 알려주어 내가 충분히 알게끔 한다.

사공들은 프랑스에 있는 내 담당 의사들과도 연락을 주고받았다. 그 의사들은 내 결정을 존중하면서도 계속 의료적인 도움을 주고 있다.

그들은 내 손을 놓아버리지 않을 것이다. 그들은 약속을 지킨다. 그들은 내 말을 경청한다. 나를 굉장히 살갑게 대한다. 그래서 두렵지는 않다.

이제 의학이 나에게 아무것도 강요하지 않기 때문에 나도 의학과 화해를 한다. 우리가 또 볼 날은 내가 정할 것이다.

생명을 옮기는 사공들은 자신들의 일을 통해 성장한다. 그들은 자신을 숨기거나 죄책감에 얽매이지 않고 자기 죽음을 결정할 인간의 자유를 주장한다. 나의 분노는 사그라든다.

나는 놓아버린다. 이제 전처럼 악에 받쳐 지내지도 않고, 나 자신에게 까다롭게 굴지도 않는다.

폭풍의 한복판에도 어렴풋하니 삶의 기쁨은 있다.

나는

욕망 없이는

살 수 없다

여름 저녁은 단 하루도 놓치고 싶지 않다. 과열된 땅의 습기가 풀을 적신다. 아직도 티티새 몇 마리가 운다.
나는 하루의 맨 처음과 맨 끝, 동트는 새벽과 밤이슬이 좋다. 테라스의 돌멩이들은 아직도 뜨끈뜨끈하다.

이제는 '내' 정원이라고 부르지 않는, 정원에 내어놓은 접이의자에 꼼짝 않고 앉아본다. 오랜 세월 그 자리를 지켜온 듬직한 보리수를 바라본다. 울창한 가지들이 나에게 절을 한다.
숄이 스르르 미끄러져 내려가지만 나는 추켜올릴 수 없다.

어둑어둑해져가는 하늘, 나는 비행의 시간을 관찰한다. 여러 시간대와 그 시간대만큼 그려진 실선들. 그 선을 통과한 비행기들이 지나간 흔적을 쳐다본다.
몇 주 전부터 거센 바람이 구름을 몰고 왔다. 일종의 도발 같다. 분노에 찬 안무, 그 영원한 움직임은 해가 넘어가도 수그러들지 않는다.
나도 구름 따라 달리고 싶다. 구름과 말 뛰기 놀이도 하고, 함께 도망가고 싶다.
짜증이 난다. 끈질긴 바람이 내 신경을 긁는다.

모든 것이 요동치는데 나 혼자만 굳어간다. 우뚝한 물푸레나무들조차 휘청거리고 솔방울들이 떨어져 데굴데굴 굴러간다.

생각이 자꾸만 홱홱 달아난다. 나도 내 생각을 붙잡아두지 못하겠다.
무슨 생각이 떠오르는가 싶으면 어느새 사라지고 없다. 생각은 구름 따라 늘어지고 굽이친다.

바람에 꺼지지 않게 담뱃불을 붙여달라고 레미를 부른다.
나는 다시 담배를 피우기 시작했다. 흡연도 소일거리가 되었다.
나는 금단 증상이라도 겪었던 것처럼 담배를 피운다.
말 안 듣는 두 손가락 사이에 담배를 삐딱하게 끼우고 고개를 무릎 사이에 처박은 자세로. 이제 팔을 써서 담배를 들고 있을 수가 없기 때문에.

나의 두뇌는 너덜너덜해졌고 여기저기 작은 구멍이 났다. 죽음으로 나아가겠다는 나의 선택을 천명하고 옹호할 때만큼은 나도 집중을 할 수 있다. 반면, 군마

(軍馬)에서 내려와 긴장을 풀면 정신이 무섭도록 산란해진다.
내 뇌도 놀고 있는 건 아니지만 이제 그 무엇에도 공을 들이지 않는다.

나는 기쁨과 슬픔 사이에서 맥이 빠졌다.

이 저녁, 죽음에 대한 생각이 나를 찾아온다. 병적인 생각이 아니라, 난 정말 아무래도 괜찮다. 나는 죽음이 조금도 두렵지 않다. 가족들과 이별한다든가, 프랑스를 떠나야 한다는 사실도 두렵지 않다.
나의 무감각해진 정신은 산 자의 일이 풀어헤쳐져도 도로 붙들지 않고 어찌 되거나 말거나 아랑곳하지 않는다. 내 정신은 인간사에서 자유로워졌고 바람은 그리로 밀려온다.

나는 사람이 아무 생각도 하지 않을 수 있다는 것을 알았다. 그것도 아주 오래.
변덕스러운 하늘에서 깜박이는 비행기 불빛들을 바라본다. 별이 빛나는 밤이 나를 홀릴 때까지 나는 나의 침묵을 되찾는다.

진단이 떨어진 후에도 나는 내가 춤추고, 사랑을 나누고, 빙그르르 돌고, 달리고, 펄쩍 뛰고, 여행을 할 거라 믿어 의심치 않았다. 난무하는 욕망과 온갖 자연스러운 쾌락을 만끽하고 전율할 줄 알았다. 불치병이고 나발이고 엿이나 먹으라고 가운뎃손가락을 들어 보이듯이.

나는 정말로 그러고 싶었다. 이 육신의 움직임을, 말을 필요로 하지 않는 이 원시적인 언어를, 한껏 늘어나고 탄력 받는 근육을, 약동을, 다른 곳을 간절히 바랐다.

하지만 그런 일은 전혀 가능하지 않았다. 밥 먹는 것조차 불가능했다.

나를 삶으로 가득 채우는 호사를 나 자신에게 베풀 수는 없었다. 나의 불능과 의존성이 나를 잡아먹는다. 몸은 나를 탕진한다.

나는 욕망 없이는 살 수 없다. 반가운 침묵이 욕망을 잠재우고 마비시키며 결국은 사라지게 한다.

그래서 나는 손을 놓는다. 문자 그대로의 의미로도 그렇고, 비유적인 의미로도 그렇다. 나의 실존적 고통은 말로 표현할 수 없다.

젊은

음악가 무리

생 팔레에 있는 글로브 식당에 왔다. 해변 맞은편 테라스에서 저녁을 먹기로 즉흥적으로 결정을 했다. 나는 식당 테이블에 앉아서 레미가 돌아오기를 기다린다. 나는 이제 음식을 씹지 못하기 때문에 맥주만 마신다. 종업원이 맥주잔에 빨대를 꽂아준다. 바다가 높아진다. 먼 바다에서 가볍게 일렁이는 파도가 수천 마리 은빛 고기 떼를 몰고 간다.

나는 저들 가운데 무엇이 될까? 해조? 붉은부리갈매기? 돌고래? 산호? 바람에 쓸려온 희고 고운 모래? 상상의 여행을 떠난다.

젊은 음악가 한 무리가 전망대에서 태양을 향해 색소폰을 치켜들고 분위기를 뜨겁게 달군다. 그들은 취향을 타지 않을 법한 곡들을 신들린 것 같은 속도로 연주하고, 춤추고, 노래하고, 방방 뛴다. 그들이 하늘 높이 던지는 알록달록한 해변용 슬리퍼들이 흡사 폭죽 같다. 그들은 자기네들의 삶의 기쁨으로 뭇사람들을 끌어들인다.

그들이 자바를 연주하기 시작할 때 눈물이 내 뺨을 타고 흘러내린다. 무엇 때문에 눈물이 나는지 모르겠

는데 참을 수가 없다. 나는 슬프지 않다. 그냥 눈물이
난다.

오늘 저녁, 대서양을 바라보는 이 자리에서 저 음악
가들의 젊음, 대가를 바라지 않는 저들의 아름다운
음악 선물이 나를 답 없는 강박적 의문들로부터 해방
시킨다.

나는 지금 살아 있지만 내일은 그렇지 않을 것이다.
그래도 자바와 저 고불고불한 애교머리, 엉덩이를 짚
은 손, 유연한 허리 들은 사라지지 않을 것이다.

나는 밧줄을 버린다. 이제는 말할 수 없는 것을 말하
려 하지 않는다. 나 자신에게나 다른 사람에게나 불
가능한 위안을 구하지도 않는다.
곧 죽을 사람이 진지하면 뭐하나.

감사의 글

기꺼이

가까이 다가와준

사람들에게

여섯 달 전부터 우리 집 주소와 나의 이메일로 나의 투쟁을 지지하는 이들의 편지가 쇄도하고 있다. 나는 그 사람들을 한 번도 만나본 적이 없다. 이 투쟁은 생의 마지막 모습을 선택할 자유를 위한 것이다. 인상적인 말, 삶의 기쁨과 의욕, 아무에게나 할 수 없는 이야기, 깊은 성찰이 내가 모르는 것들을 여전히 가르쳐준다.

그들과 더불어, 그들의 덕으로 나는 쓰러지지 않고 탐색을 이어나갈 수 있다. 우리 가족의 사랑이 이 길을 다 걸을 때까지 나를 지탱해주고 구축해주기는 하지만, 나는 지극히 사적이면서도 너무나 보편적인 그 편지들에서 위대한 박애를 느낀다.

사람들의 마음을 풀어주는 박애는 염치를 차리지 않는다. 서로 더 긴밀한 얘기를 주고받으려고 목소리를 낮춘다. 박애는 모든 길을 발견하고, 인류에게 종교적 신앙을 뛰어넘은 믿음을 준다.

어떤 신이 보증하는 것이 아닌, 이 인류에 대한 믿음이 내 가슴을 다시 뜨겁게 하고 불볕 같은 여름에도 나의 생명력이 꺾이지 않도록 지켜주었다.

죽음은 삶의 일부이기에 "유쾌할 수는 없더라도 고통스럽지 않고 아름다워야 할 필요가 있다."

그래서 나는 이토록 가까이 다가와준 낯모르는 모든 이에게 감사한다.

이 책은 여러 사람의 도움이 없으면 나오지 못할 것이다. 원고를 받아준 파야르 출판사에게 고마움을 전한다. 내 글을 믿어주고, 소중한 조언을 아끼지 않았으며, 이 마지막 여름 내내 신체적 불편에 따른 집필의 어려움을 너그러이 이해하고 대처한, 편집자 살로메 비오에게 마음에서 우러나는 고마움을 전한다.
인내심으로 무장한 내 사람들, 이 책이 나 없는 세상에 나올 때 나의 이름으로 이 책을 성원해줄 사람들에게도 고마운 마음을 전한다.

나의 마지막은, 여름

초판 1쇄 인쇄 2019년 3월 25일   초판 1쇄 발행 2019년 4월 5일

지은이 안 베르
옮긴이 이세진
펴낸이 연준혁

출판 2본부 이사 이진영
출판 7분사 분사장 최유연
편집 구민준
디자인 강경신

펴낸곳 (주)위즈덤하우스 미디어그룹   출판등록 2000년 5월 23일 제13-1071호
주소 경기도 고양시 일산동구 정발산로 43-20 센트럴프라자 6층
전화 031)936-4000   팩스 031)903-3893   홈페이지 www.wisdomhouse.co.kr

값 12,800원
ISBN 979-11-89938-32-1 03860

이 도서의 국립중앙도서관 출판예정도서목록(CIP)은 서지정보유통지원시스템
홈페이지(http://seoji.nl.go.kr)와 국가자료종합목록시스템(http://www.nl.go.kr/
kolisnet)에서 이용하실 수 있습니다. (CIP제어번호 : CIP2019009134)